I0562323

a

a

LA POÉSIE

OTTOMANS

OUVRAGES DE L'AUTEUR

LA VIE MONASTIQUE DANS L'ÉGLISE ORIENTALE, 1855, 2ᵉ édition, 1858. (Genève, Cherbuliez.)

LA SUISSE ALLEMANDE, 1856, 4 vol. (Genève, Cherbuliez.) Traduit en trois langues. (Édimbourg, Fullarton ; — Stuttgard, Vogel ; — Bukarest.).

LES ILES IONIENNES, traduit en grec par M. Khally, 1859. (Athènes, Irinidis. Le texte dans la *Revue des Deux-Mondes.*)

LES FEMMES EN ORIENT, 1860, 2 vol. (Stuttgard, Vogel.) Trad. grecque, par Mᶩᶩᵉ Skousé, 1861. (Athènes, Douka.)

AU BORD DES LACS HELVÉTIQUES, 2ᵉ édit., 1861. (Genève, Cherbuliez. — La 1ʳᵉ édit. dans la *Revue des Deux-Mondes.*)

EXCURSIONS EN ROUMÉLIE ET EN MORÉE, 1863, 2 vol. (Stuttgard, Vogel.)

GLI SCRITTORI ALBANESI DELL' ITALIA MERIDIONALE, trad. N. Camarda, 1867 (Palerme, Cristina. — Le texte dans la *Revue internationale.*)

LA NAZIONALITA ALBANESE, trad. E. Artom, 1867. (Cosenza, Migliaccio. Le texte dans la *Revue des Deux-Mondes.*)

FYLËTIA E ARBENORË, trad. du même écrit par N. Camarda, 1867. (Livourne Vannini.)

LEITTERATURA RUMENA, trad. Ardito, 1868.(San Severino, Corradetti. Le texte dans la *Revue orientale* de Florence.)

MARCO POLO, 1869, 2ᵉ édit. (Trieste, Tip, del Lloyd austriaco.)

SOUVENIR DE LA SPEZIA, 1869. 2ᵉ édit. (Athènes, Cassandréas.)

DES FEMMES PAR UNE FEMME, 2ᵉ édition, 1869, 2 vol. (Paris, A. Lacroix. Trad. en russe par le *Messager de l'étranger.*)

VENEZIA NEL 1867, 2ᵉ édit., 1870. (Florence, Tip. dell' Associazione.)

LES ÉTUDES INDIENNES DANS LA HAUTE-ITALIE, 2ᵉ édit. 1870. (Athènes, Cassandréas.) Trad. italienne, 2ᵉ édit., 1870. (Florence, Tip. dell' Associazione.)

PEGLI, 2ᵉ édit. 1872 (Florence, Tip. dell' Associazione.)

GLI ALBANESI IN RUMENIA, trad. Cecchetti, 2ᵉ édit., 1873. (Florence, Tip. dell' Associazione.)

THE ORTHODOX CHURCH, 1874, 2ᵉ édit. (New-York, Barnes.)

FRENCH LITERATURE UNDER THE FIRST EMPIRE, 2ᵉ édit., 1875. (New-York, Barnes.)

ŒUVRES DE DORA D'ISTRIA, traduction roumaine par M. Gregor Peretz. Le 3ᵉ tome vient de paraître. Cette traduction est précédée de l'histoire de la vie et des idées de l'auteur par M. Cecchetti, directeur des archives de Venise.

Ouvrages qui ont paru dans diverses publications en Europe, en Asie et en Amérique :

« Dora d'Istria, dit M. Dantès, a fait paraître de nombreux et importants articles dans un grand nombre de publications. » (*Dict. biog. et bibliographique,* 1875.)

On trouvera la liste de ceux qui ont été publiés jusqu'en 1873 dans la *Bibliografia della principessa Dora d'Istria* par le Commandeur Cecchetti.

PARIS. — Impr. J. CLAYE. — A. QUANTIN et Cⁱᵉ, rue St-Benoît. [836]

LA POÉSIE

DES

OTTOMANS

PAR

 Mᵐᵉ DORA D'ISTRIA

SECONDE ÉDITION

« La littérature turque est d'une richesse
infinie dans le domaine de la poésie. »
W. DUCKETT.

PARIS

MAISONNEUVE & Cⁱᵉ, LIBRAIRES-ÉDITEURS

25, QUAI VOLTAIRE, 25

1877

PRÉFACE

 ARTHÉLEMY d'Herbelot était mort avant d'avoir fait paraître sa *Bibliothèque orientale*, qui ne fut publiée par Galland qu'en 1697, quand les Vénitiens apprirent à l'Europe étonnée que les Turcs avaient une « littérature ». Donato, baile (ambassadeur) de la République à Constantinople, publia, dès la fin du XVIIe siècle, un ouvrage où l'on trouve quelques chansons ottomanes [1].

(1) Giov. Batt. Donato, *Della letteratura de' Turchi* (Venise, 1688).

Toderini, un siècle plus tard, consacra,
dans ses trois volumes, un petit nombre
de pages aux poëtes de l'empire ottoman [1].
Malheureusement, Donato et Toderini
n'attachaient qu'une importance complétement secondaire à la poésie ottomane,
ils ne semblent même pas avoir soupçonné
qu'elle est une des branches de la littérature
de ces nations turques qui ont joué un si
grand rôle en Asie comme en Europe, et dont
le nom a retenti des frontières de la Chine
jusqu'aux bords du Danube et jusque sous
les murs de Vienne. Pourtant, après la
publication de la *Letteratura turchesca* qui,
— traduite en français, — est encore constamment citée dans les pays latins, personne
n'aurait osé dire, comme Voltaire [2], qu'on
doit mépriser et détester les Turcs, parce
que ce peuple n'a jamais produit de poëtes !

(1) Giamb. Toderini, *Letteratura turchesca* (Venise, 1787).

(2) Voy. sa Correspondance avec Catherine II.

Le célèbre traducteur des *Mille et une Nuits* protestait en vain contre ces assertions tranchantes, tout en expliquant pour quelle raison elles étaient admises sans aucun examen, les Turcs étant tellement décriés, qu'il suffit ordinairement de les nommer pour signifier une nation « barbare, grossière et d'une ignorance achevée ». Mais si on laisse l'accusation de « barbarie », trop méritée par d'autres gouvernements qui brûlaient de prétendus sorciers et persécutaient les dissidents d'une manière atroce [1], accusation qui n'empêche pas cependant de louer « la politesse des Persans et la grande application des Arabes aux sciences » [2], on doit reconnaître que Galland ne se trompe guère quand, étonné du « nombre considérable de leurs poëtes »,

(1) Même dans la France de Voltaire. — Voy. Laufrey, l'*Église et les philosophes au* XVIIIe *siècle.*
(2) Il va sans dire que Galland parle de l'âge d'or de l'Arabie.

il affirme « que les Turcs ne le cèdent ni aux Arabes, ni aux Persans, dans les sciences et les belles-lettres, communes à ces trois nations, et qu'ils cultivèrent presque dès le commencement de leur empire [1] ».

Notre siècle, qui a fait faire d'immenses progrès à l'histoire de l'esprit humain, ne devait pas se contenter des esquisses des Vénitiens, ni tenir grand compte des assertions singulières du correspondant de Catherine II. Marchant sur les traces de Thomas Chabert [2], les savants de l'Europe orientale ont, depuis le commencement du siècle, essayé avec une admirable ardeur et une persévérance digne des plus grands éloges, de nous faire connaître les nom-

[1] Préface de la *Bibliothèque orientale* de d'Herbelot.

[2] Dès 1800, Chabert publie dans la Suisse allemande une traduction d'une collection de biographies des poëtes ottomans. — *Biographische Nachrichten von Vorzüglichen türkischen Dichtern* (Zurich).

breuses nations de la famille turque. En
Autriche, en Pologne, en Hongrie, en
Russie, l'exemple d'un orientaliste infatigable, le baron de Hammer-Purgstall [1],
des professeurs A. Chodzko [2], Vambéry,
Radloff [3], était bien fait pour donner une
vive impulsion à des études trop longtemps
négligées. Non-seulement les écrivains
contemporains qui s'occupent des peuples
turcs ont montré le même savoir que
Hammer [4], mais leur goût est plus sûr,

(1) Mort en 1856.

(2) Maintenant professeurs au Collége de France,
aux Universités de Pesth et de Kazan.

(3) W. Radloff, *Proben der Volksliteratur der
Türkischen Stæmme Süd-Sibiriens* (Saint-Péters-
bourg, 1866 et suiv.).

(4) Parmi les philologues français qui ont
suivi les traces de l'historien de l'empire ottoman et de la poésie ottomane, on doit citer en
première ligne feu Belin, le docte auteur de l'excellente *Notice sur Mir Ali-Schir* (Paris, 1858), et
le traducteur de *Nabi* (1857), M. Pavet de Cour-

leur système de traduction supérieur, et
quelques-uns, tels que MM. Vambéry et
Chodzko [1], ont entrepris des voyages périlleux ou pénibles, pour aller étudier au
Turkestan [2] et en Perse [3], cette poésie populaire dont on ne comprenait pas encore
l'extrême importance quand l'éminent auteur de la *Geschichte der Osmanischen
Dichtung*, le traducteur de Baki et de
Fasli, publiait à Pesth son grand ouvrage [4].

teille, qui enseigne avec tant de distinction la
langue turque à l'Ecole des langues orientales.

(1) M. Chodzko, d'origine lithuanienne, a passé
plusieurs années en Perse.

(2) Vambéry, *Reise in Mittelasien,* 1864. —
Skizzen aus Mittelasien, 1868. — *Cagataïsche
Sprachstudien,* 1867.

(3) A. Chodzko, *Specimens of the popular poetry
of Persia,* 1842. La poésie des Turcs de l'empire
iranien forme la plus grande partie de l'ouvrage.

(4) 1836-38. — A peu près dans le même temps
(1835) Fluegel faisait paraître à Leipzig sa traduction latine du *Dictionnaire* de l'éminent biblio-

Lorsque je terminais, à Venise, mes re-
cherches sur les chansons des peuples de
la péninsule orientale [1], j'ai été frappée
de ce que l'Occident qui, depuis Fauriel,
s'intéresse de plus en plus à la poésie populaire des Orientaux, semblait avoir
complétement oublié que les nations turques ont aussi une littérature du même
genre. Quelques années après, je publiai [2]
la *Poésie populaire des Turcs orientaux* [3].
Mais si les Slaves de la péninsule n'ont
guère eu jusqu'à nos jours que les chants
du peuple, la poésie des lettrés est, dans
l'empire ottoman, d'une fort grande ri-

graphe et historien Hadji Khalfa, indispensable à
à tous ceux qui étudient la Turquie et les pays
musulmans.

(1) *Les Nationalités de la péninsule orientale d'après
les chants populaires,* dans la *Revue des Deux Mondes*
(1859-1867).

(2) *Revue des Deux Mondes* du 1er février 1873.

(3) Les Turcs de l'empire persan exigeraient une
étude à part que je ferai sans doute plus tard.

chesse. Pourtant elle est si peu connue en
Occident, qu'on cherche en vain la biographie des principaux poëtes dans les
plus volumineux dictionnaires biographiques, et que les noms des Baki, des Lamii,
des Fasli, des Mésihi, ne se trouvent pas,
pour ne citer qu'un exemple, dans la *Biographie universelle* de Michaud [1], dont la
seconde édition a plus de quarante volumes in-octavo. Il ne m'a donc pas paru
inutile de faire paraître, l'année dernière
et au commencement de cette année, un
essai sur la poésie des Ottomans, dont
je publie une nouvelle édition, moins étendue que la première [2], quelques chapitres ne
m'ayant pas semblé de nature à intéresser

(1) L'édition des quatre volumes de Hammer
étant épuisée, il est même difficile maintenant de
découvrir ce savant ouvrage, le seul complet sur la
poésie ottomane.

(2) Publiée dans la *Revue européenne* de Florence
et dans la *Revue politique et littéraire* de Paris.

le plus grand nombre des lecteurs. Nous
vivons en effet dans une époque fort peu
littéraire, et l'Europe livrée aux haines
des partis, aux luttes des races, aux que-
relles des sectes, aux rivalités des classes,
n'attache qu'une médiocre importance aux
questions qui semblaient, il y a quelques
années, capables d'occuper tous les esprits
cultivés. Trop de pays chrétiens ressemblent maintenant à la Turquie du XVIIIe siècle. La vie intellectuelle y faiblit visiblement, les fortes études y sont dédaignées, et
les peuples, dans cette seconde enfance, semblent trouver que les contes qui amusent
l'adolescence des nations sont seuls dignes
« d'un quart d'heure de peine ». On se
rassure en affirmant que le christianisme
seul peut préserver les nations de la décadence. Mais n'est-il pas plus d'un État
chrétien, dont la triste décrépitude n'est
pas moins visible pour tout esprit impartial
que celle de l'empire ottoman, élevé si

haut par les talents, l'activité et la vaillance des sultans-poëtes du xvᵉ et du
xvɪᵉ siècle?

Puisque dans toutes les occasions nous
nous vantons si volontiers d'être chrétiens,
songeons moins à la paille que nous ai-
mons à montrer dans l'œil des autres et
enlevons la poutre ¹ qui nous empêche de
voir les choses telles qu'elles sont.

(1) Ὑποκριτά, ἔκβαλε πρῶτον τὴν δοκὸν ἐκ τοῦ ὀφθαλμοῦ
σου. (S. Matthieu, v, 3.)

LA POÉSIE
DES OTTOMANS

CHAPITRE Ier

CARACTÈRE DE LA POÉSIE OTTOMANE

A poésie turque, née parmi les
nomades, a changé nécessairement
de caractère avec le développement de la civilisation. Dans le
Turkestan, la vie errante et
la vie agricole se font encore
équilibre, et le bandit des steppes a une autre
manière d'envisager l'existence et l'univers que
les habitants de Khiva, amie des poëtes, de « la
noble Bokhara », de Samarkand « qui ressemble

I

au paradis[1] », cités qui ont été pour ces contrées
le foyer d'une vie intellectuelle et politique qui
tend chaque jour à décroître dans l'Asie cen-
trale. Chez les Ottomans, quoique les sultans
n'aient pu transformer les habitudes des Turco-
mans qui errent dans leur vaste empire, la vie
nomade devait être enfin subordonnée à la vie
sédentaire, et la poésie ne pouvait éviter de subir
une dernière transformation, transformation qui
était en voie de s'accomplir dans les États seldjoucides et qui aurait produit tous ses résultats
s'ils avaient réussi à se consolider.

Dans la nouvelle situation que les conquêtes des
Ottomans leur ont faite, les poëtes turcs ont été
exposés au danger que d'autres ont courus dans
des situations analogues, l'imitation des grandes
littératures étrangères. Les Touraniens n'ayant
point créé de système religieux digne de ce nom,
ont emprunté leur théologie à la race sémitique
ou à la race âryenne. Comment les lecteurs assi-
dus du Koran auraient-ils pu ignorer la littérature
arabe et la connaître sans être tentés de l'imiter ?
On sait quelle action d'autres Sémites, les Juifs,
ont exercée par leurs livres sacrés sur les Aryens

---

1. *Samarkand Firdousi manend.*

de notre Europe. Mais la race âryenne avait aussi son prestige aux yeux des Ottomans. La Perse a été pour eux ce que l'antiquité gréco-romaine est pour nous. Malgré leur haine contre les Chiites hérétiques, malgré leurs luttes acharnées contre les sujets du « roi des rois », la Perse s'impose aux Ottomans par la supériorité du génie créateur des Aryens. Il leur était aussi impossible de ne pas subir cette influence, qu'il serait impossible à un écrivain magyar d'oublier l'Italie, la France et l'Allemagne. Si les farouches troubadours des Turkomans ne peuvent échapper au charme exercé par la poésie persane, comment Brousse et Stamboul auraient-ils pu parvenir à s'y soustraire ?

Une étude de la poésie ottomane offre donc des difficultés de toute espèce. Il est fort difficile de séparer ce qui appartient à une inspiration vraiment nationale de ce qui revient aux Sémites et aux Aryens, à l'Arabie et à la Perse. En outre, l'idée que les Ottomans se font d'une conception ou d'une expression poétique diffère tellement de notre manière de voir et de sentir qu'il nous est ordinairement malaisé de comprendre les beautés de leurs poëtes. Des peuples bien plus éloignés de nous, les Aryens de l'Inde, par exemple, se rapprochent beaucoup mieux de notre esthétique.

Mais cette poésie était certainement en rapport avec la constitution morale de ceux auxquels elle s'adressait, car il est peu de nations qui aient montré autant de goût pour cette façon de traduire ses sentiments. Une pareille affirmation a l'air d'un paradoxe, l'Ottoman se présentant à notre imagination comme le personnage prosaïque par excellence. Un Ottoman du bon vieux temps qui, grâce à l'esclavage et à la domination qu'il exerçait sur les populations chrétiennes, avait tous les loisirs et une partie des goûts d'un aristocrate, aurait, il faut l'avouer, trouvé tout aussi prosaïque un Européen de nos jours, obligé de songer perpétuellement aux affaires et au gain, et s'intéressant à l'art, à la poésie à peu près autant qu'à la *Critique de la raison pure*, de Kant, ou au *Système du monde*, de Laplace. La vie moderne, telle que l'égalité la suppose, est naturellement prosaïque, et telle société organisée d'après les principes qui tendent à prévaloir de plus en plus fait à l'idéal une part moins large qu'un Ottoman du temps de Souleïman le Magnifique.

Pour montrer l'immense influence des poëtes dans l'empire des Sultans, il n'est point nécessaire de passer en revue toute une littérature dont on a pu dire « qu'elle est d'une richesse

infinie dans le domaine de la poésie ». Il suffit
de montrer que le sentiment poétique n'est jamais resté le privilége des lettrés et que la poésie
épique elle-même s'est constamment inspirée
d'idées éminemment populaires et qui remontent
aux origines mêmes de la puissance ottomane.

CHAPITRE II

LES ÉPOPÉES NATIONALES.

 ANS doute l'imagination des peu-
ples n'a pas manqué d'être vive-
ment frappée de l'élévation des
Ghaznévides et des Seldjoucides,
et parmi les princes qui contribuè-
rent à leur grandeur on remarque
plus d'un souverain capable de faire une impression sur les esprits. Même le dernier des Seldjoucides persans, Sandjar, dont le règne fut illustré
par un grand nombre de poëtes, reçut des peuples de l'Orient le surnom de second Alexandre.
Mais les renseignements sur ces époques loin-
taines sont trop incomplets pour qu'on puisse
retrouver la trace que ces hommes éminents lais-

sèrent dans l'âme des nations. Il n'en est pas
de même des Ottomans. Nous savons positivement
que l'imagination populaire a placé autour de leur
berceau assez de merveilles pour qu'on pût croire
que leur grandeur était le résultat d'une inter-
vention particulière de la Providence.

Dans un de ses voyages, un humble vassal du
sultan seldjoucide Alaeddin, Ertogroul, qui ne
soupçonnait nullement le brillant destin réservé
à sa race, demanda l'hospitalité à un saint personnage, zélé pour la gloire de l'Éternel. Quand
l'heure du sommeil fut arrivée, celui-ci tira un
livre d'une armoire et le plaça sur le meuble le
plus élevé de l'appartement. Interrogé par son
hôte sur le contenu du volume qui inspirait un
tel respect, il lui dit qu'il renfermait la parole
d'Allah, révélée à son prophète. Dès que tout le
monde se fut retiré, Ertogroul saisit le livre
saint, et il passa la nuit à le lire. Enfin cédant
à la fatigue, il s'endormit. Le matin est l'heure
la plus propice à ces songes prophétiques dont
furent favorisés les patriarches, ancêtres des Hé-
breux. Ertogroul eut alors une apparition sur-
naturelle, et une voix lui dit : « Puisque tu as lu
ma parole avec un tel respect, tes enfants et les
enfants de tes enfants seront honorés de généra-

tion en génération. » Il importe peu qu'on ait
attribué ce songe à Ertogroul ou à Osman[1], il
a le caractère primitif qui convient à des hommes
livrés à la vie nomade.

La légende épique se développe et prend un
caractère plus littéraire quand paraît sur la scène
le fils d'Ertogroul que les Ottomans considèrent
comme le premier de leurs sultans. Osman Ier
avait tout ce qu'il fallait pour passionner un
peuple subissant fortement les puissants instincts
qui poussent en avant les nations jeunes. Les
Perses, ces puritains du paganisme, avaient
autrefois trouvé dans leur zèle pour Ahoura-
Mazda (Orzmud) un puissant encouragement à
la conquête. Osman partageait les croyances
ardentes de son peuple, porté à s'imaginer que
les propagateurs de l'Islam étaient les soldats
d'Allah, le dieu jaloux, ennemi des idoles et des
superstitions. La puissante impulsion religieuse
qui avait précipité les Arabes sur le monde
chrétien, après avoir perdu son action parmi
les Sémites, poussait en avant la nombreuse et
guerrière famille turque, et les Ottomans étaient,
comme leur chef, animés de la ferveur qui pos-

---

1. Comme le disent Ali, f. 9, et Neschri, f. 24.

sède les croyants dont les convictions ne se sont
pas usées (on se rappelle les réflexions mélancoliques de La Bruyère sur l'influence des voyages)
au contact de civilisations et de religions différentes de la leur. Aussi la légende a-t-elle aimé
à entourer la vie d'Osman de ces créations merveilleuses dont la Muse populaire est prodigue
pour ses favoris.

La fille du *scheik* [1] Erdebali, Malkatoun
(femme-trésor), si souvent chantée par les poëtes
ottomans, avait inspiré à Osman une de ces passions dont la violence est énergiquement carac-
térisée par la poésie turque. Mais le docte et
pieux *scheik* se défiait des sentiments d'Osman ou
ne se souciait pas de donner sa fille à un prince
qui la ferait sortir de l'existence modeste dans
laquelle sa jeunesse s'était passée. Une manifestation céleste changea ses résolutions en lui
montrant que d'Osman et de Malkotoun, figurée
par la lune (la lune est pour les Orientaux le
type de la beauté parfaite), devaient naître les
vainqueurs des *giaours*.

Osman dormait chez le *scheik* qui lui avait
donné l'hospitalité. Il rêva qu'il voyait s'élever

---

1. Ascète contemplatif, prédicateur.

du sein de Malkatoun la lune qui, grossissant à vue d'œil, devenait pleine et se perdait dans sa propre poitrine. Ensuite un arbre gigantesque sortait de ses reins et, pareil à une immense tente verdoyante, couvrait de ses innombrables rameaux la terre et les mers, les sommets du Caucase et de l'Atlas, les cimes du Taurus et de l'Hémus [1]. De ses racines s'élançait le Nil africain, avec le Tigre et l'Euphrate asiatiques, avec le Danube européen, qui, chargés de navires, comme des mers, traversaient d'opulentes campagnes, retentissant du chant des rossignols, e des villes couronnées de dômes, d'obélisques, de pyramides, sur le sommet desquels le croissant resplendissait. Enfin un vent d'orage se mit à souffler, et les feuilles, pareilles à des lances de cimeterre, si l'on en croit Idris [2], se tournèrent vers les cités de l'univers et surtout vers la ville de Constantin, bâtie entre deux mers et deux continents, comme un diamant entre les saphirs et les émeraudes d'un anneau, dont le possesseur est destiné à être le maître du monde.

1. Le Balkan.
2. Saadeddin, f. 9, qui raconte le songe en vers ; Ali, f. 9; Solakzadé, f. 3 ; Loufti, 115 ; Djikannuma, p. 676, ne connaissent pas ce détail.

Osman allait mettre à son doigt cet anneau mer-
veilleux lorsqu'il s'éveilla.

S'il avait pu hésiter sur le sens prophétique
de ce rêve, un autre prodige lui aurait enlevé
tous les doutes.

L'oiseau, en communiquant avec le monde
supérieur, a été considéré partout comme un
intermédiaire entre le ciel et la terre. Le
vautour royal (*houmaï*) remplace dans la
légende turque l'aigle, l'autour[1] ou la colombe
qui viennent ailleurs annoncer leur mission aux
favoris du ciel. Ce vautour mythique ne se
nourrit de la chair d'aucun être vivant, mais
seulement des fibres saignantes d'animaux qu'il
'n'a pas tués; il rivalise avec le pélican par son
amour maternel pour ses petits, qu'il couvre de
son aile comme d'un bouclier quand quelque
danger les menace. De là est née chez les Orientaux la conviction que le prince sur lequel plane
l'oiseau *houmaï* sera la terreur des ennemis de
son peuple, dont il dispersera les débris, tandis
qu'il sera pour ses sujets un protecteur humain
et vigilant. Or un pieux derviche vit le vautour

---

1. J'ai montré quel est son rôle dans la *Poésie populaire
des Magyars* (*Revue des Deux Mondes* du premier août
1870).

sacré planer sur la tête d'Osman et lui déclara
que sa domination devait s'étendre sur l'Asie et
sur l'Europe [1].

Le phénomène prophétique, qu'il se produise
dans le sommeil ou dans la veille, doit être considéré
comme la manifestation du sentiment confus que
l'instinct de leur force et les passions religieuses
donnent dans certains moments aux individus
ainsi qu'aux peuples, comme il leur révèle dans
d'autres circonstances, par de sinistres pressenti-
ments, leur incurable impuissance à lutter contre
les arrêts du destin. L'Islam poussait les
Turcs contre l'empire byzantin, comme à une
époque antérieure l'Odinisme guerrier avait
lancé contre Rome les innombrables bandes
germaniques. Plus d'une fois le pressentiment
d'un avenir glorieux avait dû parler au cœur
des chefs de la famille turque. Mahmoud le
Ghaznévide n'avait pas inutilement contemplé
dans la poussière les dieux de l'Inde. Alp Arslan,
dont « la gloire, disait son épitaphe, s'éleva
jusqu'aux astres », n'avait pas en vain placé son
pied sanglant sur la tête d'un vaillant autocrate
de Byzance, trahi par la fortune et couvert

1. Idrîs, fol. 30 et 31.

de glorieuses blessures. La destinée d'Osman a été de réaliser les aspirations de ceux qui l'avaient précédé sur la scène de l'histoire. Malheureusement, pas plus que les autres nations touraniennes, les Ottomans ne sont doués du génie épique. Mais leurs poëtes étudiaient avec trop de soin la littérature persane pour qu'ils ne fussent pas perpétuellement tentés d'imiter Firdousi et son célèbre *Schah nameh* (Livre des rois). Mahmoud avait eu l'idée de charger le poëte de Toûs de continuer le grand poëme historique de Dakiki sur les anciens rois de l'Iran. Firdousi travailla trente-cinq ans à cette œuvre colossale que j'ai essayé d'apprécier [1], et qui est une des gloires de la poésie âryenne. Remontant à l'origine des temps, à l'époque où les rois disputaient le monde naissant aux esprits pervers, il nous mène jusqu'à l'invasion musulmane.

Il est visible que l'imagination populaire a fait de grands efforts chez les Ottomans pour créer une légende épique. L'exemple de Firdousi était d'autant plus entraînant que le *Schah nameh* est principalement consacré à célé-

---

1. Voy. l'*Epopee asiatiche*, dans l'*Antologia*.

brer la lutte des fils de Tour (le nom d'Afrasiab
ne peut être pris que comme le nom d'une
dynastie) contre la race âryenne. Comment les
poëtes ottomans n'auraient-ils pas été tentés de
raconter la suite d'une lutte qui semblait devoir
se terminer à l'honneur de leur race ? Dans le
siècle de Mohammed II le Conquérant, les imaginations étaient assez excitées pour que les
Ottomans fussent portés à croire que la race
âryenne entière serait obligée de reconnaître
leurs lois. Cette disposition était assurément
favorable à la création d'une épopée. Sous
Mourad II, Saïfi consacre une épopée aux
exploits de ce prince. Monla Aarif en compose
une autre en l'honneur d'Ahmed, prince de la
famille Danischmend. Fakhari chante les Ottomans, dont les hauts faits excitaient déjà l'admiration des poëtes. Sous Mohammed II, Schehdi
veut transformer l'histoire nationale en épopée. Au temps de Souleïman le Magnifique,
l'âge d'or de la poésie ottomane, Soukri et
Derouni célèbrent le règne de Sélim Ier; Hayati,
Aarif et Makreni, celui de Souleïman [1]. Même

---

1. Voy., pour les autres compositions du même genre, mon
Histoire des Poëtes ottomans, dans la *Rivista europea*
(Florence, février-mars 1877).

sous le règne d'Osman II, époque qui ressem-
blait si peu à celle de Mohammed II et de Souleïman Iᵉʳ, la poésie, qui console les peuples
comme les individus, essaye encore d'idéaliser le
padischah. Nadiri compose deux mille distiques
sur le règne du prince qui subit à Hotin un si
grand désastre [1].

Mais en imitant Firdousi les poëtes ottomans
devaient s'approprier tout ce qui dans son
immense poëme exige une inspiration moins élevée.
En effet Firdousi, qui sommeille encore plus
souvent que le bon Homère, a trop de goût pour
la chronique versifiée. La poésie ottomane pen-
chait trop fortement de ce côté pour n'y pas
tomber promptement, et s'ils n'ont pas manqué de
poëtes pour célébrer les règnes et les époques les
plus glorieux de leur histoire, les Ottomans ont

1. Le *mesnévi*, ainsi que le vers alexandrin français, est
regardé, en tant que la forme la plus imposante de toutes,
comme celle qui convient le mieux au genre épique et aux
grands poëmes consacrés à quelque sujet historique ou à
quelque thème d'une nature élevée. Dans le *mesnévi* un hé-
mistiche du vers doit rimer avec l'autre. La forme jouant
un si grand rôle dans la poésie, il vaut beaucoup mieux,
surtout quand elle diffère si complétement de la nôtre, en
faire connaître l'esprit et les tendances que d'en donner des
traductions.

prouvé qu'ils étaient impuissants à lutter avec cet Aboulkasim à qui un des grands hommes de la race turque, Mahmoud le Ghaznévide, avait, dit-on, donné le surnom de Paradisiaque (Firdousi).

CHAPITRE III

LES ÉPOPÉES LÉGENDAIRES.

'IMAGINATION des poëtes se sentait plus à l'aise avec les héros des vieilles légendes qu'avec les personnages célèbres de l'histoire nationale. En effet, comme les poëtes des peuples qui ont succédé à la civilisation gréco-latine, ils trouvaient toutes créées un certain nombre de traditions dont leur poésie s'est presque toujours inspirée. Si les nations turques ont hérité également de deux civilisations, — l'une âryenne, la civilisation persane, l'autre sémitique, la civilisation arabe, — cette influence s'est fait sentir d'une façon inégale. Le Turkestan appartient plutôt à l'influence

persane, les Ottomans subissent particuliérement
l'influence arabe. Or, de même qu'il est impossible de comprendre le caractère de la poésie
italienne sans tenir compte de ses antécédents,
on ne saurait bien comprendre la poésie turque
sans remonter à ses origines. Ajoutons que, dans
ce dernier cas, cette question des antécédents a
encore plus d'importance, aucun peuple de race
touranienne n'étant capable, comme une nation
âryenne, d'ajouter de véritables créations aux traditions dont il dispose. Dante connaît certainement Virgile et la Bible, mais il n'a trouvé l'*Enfer*
ni dans l'*Énéide* ni dans aucun de nos livres sacrés. Si les Turcs ont eu des épopées, ils n'ont
jamais eu de génie vraiment épique, capable de
fondre dans une puissante unité les éléments
variés fournis par les traditions étrangères.

La poésie, au lieu d'entreprendre ce travail
gigantesque, s'est emparée des thèmes populaires
pour les étudier isolément et leur donner la
forme qui lui semblait la plus conforme au goût
national. Ces thèmes ne sont nullement à dédaigner, et même ceux qui sont empruntés à un
monde qui n'a rien de commun avec l'histoire, un
Milton ou un Dante en aurait tiré le meilleur parti.
Il aurait pu aller chercher dans les cieux le début

du drame douloureux qui commence avant l'humanité pour aboutir dans l'éternité, après la dispa-
rition de ce monde, au triomphe des bons et à la
confusion des méchants. En effet, sans admettre
le péché originel, l'Ottoman, comme tout disciple
du Prophète, croit que l'histoire et les catastrophes du monde primitif se rattachent à des événements mystérieux antérieurs à notre espèce.

La légende de Salomon remonte au monde
préhistorique. Les inventions des rabbins, les
contes héroïques des Persans et des Arabes ont
fourni à la poésie turque des éléments variés pour
la vie mythique du célèbre roi des Juifs.

De même que Çakya-mouni n'est qu'un des
anneaux de la série des bouddhas, le fils de
David n'est aux yeux de ceux qui nous parlent
des diverses générations antérieures à notre
espèce, qu'un des nombreux Souleïmans qui ont
apparu sur la terre comme l'expression la plus
complète du roi pieux, luttant contre le monde
infernal toujours acharné à la destruction du
genre humain. Il semble que ces légendes aient
été inspirées par une vague idée des développements sans nombre que notre planète a dû subir,
avant de devenir la demeure de ses habitants
actuels. On voyait dans la galerie d'Argenk, *div*

ou géant qui régnait dans les montagnes de Caf (Caucase) au temps de Tahmurath, avec les portraits des 72 Salomons (le nombre de 40 est le plus en vogue), la figure de leurs sujets, créatures qui différaient beaucoup des hommes, comme leurs souverains ne ressemblaient guère au fils de David. La lutte acharnée des démons contre ces princes et leur royaume peut être considérée comme étant destinée à faire comprendre la résistance d'une nature puissante et indomptée aux premières et grossières manifestations de la vie. Il n'est point surprenant que la poésie orientale se soit intéressée à des événements qui semblent si peu de nature à nous toucher. Milton n'a-t-il pas cherché dans les luttes, qui, bien avant l'homme, ont partagé les esprits en deux camps, le secret de tous les événements dont le monde sublunaire est le théâtre? La précision qu'il porte dans des choses qui semblent échapper à toute description se retrouve dans les Orientaux qui parlent des Souleïmans préadamites. Quelques-uns sont plus renommés et d'autres sont restés obscurs. On nous apprend avec la même exactitude par quels moyens ils tenaient tête à leurs dangereux ennemis. On sait qu'ils se transmettaient un bouclier mystérieux, une épée foudroyante et

une cuirasse impénétrable aux traits des démons.
Gian, qui régna immédiatement avant la création,
légua le bouclier au père des humains, qui le
laissa à sa mort dans l'île de Sérandib[1]. Comme
une sorte de saint Graal, terreur du monde
infernal, il reparaît dans les légendes de l'époque
humaine, et il épouvante les démons et les *divs*,
débris des anciennes créations qui ont cherché
une retraite dans les célèbres montagnes de Caf,
où fut enchaîné Prométhée, révolté contre Zeus.
Les armes sont, à ce point de vue idéal, considérées moins comme un moyen de nous égorger
les uns les autres qu'un don divin pour lutter
contre les ennemis de notre espèce. Il est vrai
que la guerre doit s'étendre aux alliés que ces
ennemis ont dans nos rangs, c'est-à-dire à ceux
qui méconnaissent Allah et son Prophète.

Salomon ne diffère tant des autres rois de la
petite Judée que parce qu'il est un de ces
monarques universels qui réalisent le rêve de
tout bon musulman. En effet, si Allah, l'émir
suprême, a sur terre un vicaire, on a peine à
comprendre comment quelque partie du globe
peut se soustraire à son autorité. Les autres

1. Ceylan.

princes ne peuvent être que ses vassaux, et plus d'une fois, à l'aide de fictions plus ou moins ingénieuses, on a essayé de transformer le droit en fait. La plupart des historiens orientaux acceptent ces fantaisies de la poésie comme aussi certaines que les faits les mieux avérés. Ils sont convaincus que lorsque le fils de David, à peine âgé de douze ans, succéda à son père, Dieu soumit au monarque universel non-seulement les humains, mais les esprits bons et mauvais, les oiseaux et les vents. L'Éternel lui avait donné en outre cet anneau dont parle Sati [1] dans ses vers adressés à la Sapho musulmane [2] et dont le souverain usait pour gouverner avec la sagesse qui l'a rendu célèbre.

L'histoire de Bakis (tel est le nom que la tradition arabe donne à la reine de Saba) fournit à la lutte épique de Salomon contre le monde infernal un genre d'épisode que la poésie ne pouvait pas dédaigner. Aussi s'est-elle emparée de quelques traits fort vagues fournis par la tradition juive et conservés dans le *Livre des Rois*, pour créer un roman sentimental. Le grave monarque

1. Il croit que Salomon, l'ayant perdu au bain, tomba dans l'indigence.
2. Mihri.

entreprend un voyage dans cette Arabie que
l'auteur des *Orientales* appelle infranchissable. Il
se sert de son empire sur les oiseaux pour corres-
pondre avec la reine de Saba par le moyen de la
huppe, lui fait à Jérusalem une réception digne
de sa magnificence, enfin il l'épouse.

Les poëtes ottomans étaient d'autant plus disposés à s'emparer de la légende de Salomon que
l'idée d'un monarque universel (Salomon,
Alexandre) est conforme à leurs idées. Aussi le
Souleiman-nameh de Firdousi, surnommé le Long,
est devenu promptement populaire [1]. Le sujet
parut tellement intéressant au poëte de Brousse,
qu'il écrivit sur Salomon trois cent soixante volumes, moitié en prose, moitié en vers. Le sultan
auquel il offrit cette encyclopédie choisit quatre-
vingts volumes et fit brûler le reste [2]. Le

1. Hammer, *Geschichte der Osmanischen Dichtkunst bis
auf unsere Zeit, mit einer Blüthenlese aus zweitausend, zwei-
hundert Dichtern* (Pest, 1838) CLXVI. Ferdewsi. — Voy.
dans Michaud, *Biographie universelle*, art. Hammer, de
judicieuses observations sur le système défectueux de traduction adopté par le savant écrivain dont les travaux ont tant
contribué à faire connaître l'empire ottoman à l'Europe.

2. Latifi et Aaschik, p. 251, dans *Biographische Nachrichten von Vorzüglichen Turkischen Dichtern, nebst
einer Bluthenlese aus ihren Werken. Aus dem Turkischen
übersetzt von* Thomas Chabert (Zurich, 1800).

Souleiman-nameh d'Ishak et celui de Saadeddin, précepteur de Mourad III, sont en prose. Ahmed Kisman traita en vers le même sujet.

Alexandre le Grand est, ainsi que Salomon, un de ces « empereurs du globe », pour parler comme Fourier, dont l'existence réalise les rêves des Orientaux.

Lorsque les Turcs ont commencé à s'en occuper, la vie du conquérant de l'Asie occidentale avait été profondément transformée par l'imagination populaire. On peut dire que l'élève d'Aristote favorisa lui-même la formation de la légende quand il sembla préférer à la prudence quelque peu sceptique de l'esprit grec les fantaisies du monde asiatique et qu'il aima à présenter ses prodigieux triomphes comme une œuvre extraordinaire, digne d'être attribuée à un personnage d'une nature exceptionnelle. De nos jours, un historien français[1] disait encore que le grand Macédonien fut « un de ces immenses génies, une de ces puissantes volontés auxquelles il est presque impossible de ne pas attribuer une mission surhumaine ». Si un écrivain du xixᵉ siècle peut céder à un pareil entraînement (en-

---

1. Comte de Gobineau, *les Perses.*

traînement dont Michelet [1] se montre particulièrement éloigné), on peut se faire une idée
de l'impression que cette vie avait produite sur
les Asiatiques écrasés par son char de victoire :
« Dans l'espace de quatorze ans, dit une légende poétique de la Perse, Iskender parcourut
les routes, les déserts et les montagnes du globe.
Les pieds de ses coursiers agiles et étincelants
de feu inscrivaient sur les montagnes élevées et
inaccessibles des vers dont voici le sens. « Le
« jour il est dans la Grèce, et la nuit dans l'Inde ;
« le soir à Damas, et le matin à Nouschad ; son
« cheval se désaltère le même jour aux eaux de
« Gihon et dans celles du Tigre, qui arrose
« Bagdad. »

La poésie s'empara de cette existence prodi-
gieuse pour y mêler ses conceptions, comme de
nos jours elle s'est emparée de la vie de Napoléon [2]. Chérilus d'Iasos, compagnon d'Alexandre,
chanta ses exploits. A l'époque de l'empereur
Adrien, qui composa, dit-on, une *Alexandriade,*
la légende se développa. Le vainqueur des peuples et des rois semblait un modèle pour les Cé-

1. Voy. *Bible de l'Humanité.*
2. Voy. la légende égyptienne dans Barthélemy et Méry,
Napoléon en Égypte. — Notes.

sars qui voyaient à leurs pieds les nations et les
princes, comme il est encore aujourd'hui le modèle d'un *padischah,* ainsi que l'attestent les vers
d'une femme, Zeineb, adressés à Mohammed II.
Au vii° et au viii° siècles de l'ère chrétienne,
dans cet empire grec qui était porté à se considérer comme le continuateur de l'œuvre du fils
de Philippe dans le monde barbare, un roman-
cier byzantin donna la dernière forme à l'histoire
légendaire d'Alexandre, que Julius Valérius
traduisit ou plutôt imita en latin. *Le Roman
d'Alexandre,* composé par les trouvères français,
Lambert le Court et Alexandre de Bernay, a eu
tant de vogue parmi les Occidentaux qu'on peut affirmer que l'épopée alexandrine a été aussi populaire (le vers alexandrin en tire son nom) chez
les Chrétiens que chez les Musulmans [1]. L'imagination des Français ne s'y montre pas inférieure
à celle des Ottomans. Le grand Macédonien, en
pénétrant dans l'Inde, rivalise avec les héros de
cet étrange pays. Emporté par l'aile des vautours,
il visite les régions célestes; protégé par une
cloche de cristal, il descend jusque dans les pro-
fondeurs de l'Océan.

[1]. Voy. Talbot, *la Légende d'Alexandre* (Paris, 1850.) —
Le Court et Talbot, *l'Alexandriade* (1863).

Mais quelle que soit la hardiesse avec laquelle
on a défiguré Alexandre en Occident afin de
transformer le Macédonien, environné de ses
« douze pairs », en véritable modèle de roi chevalier contemporain des Robert et des Tancrède,
on n'a pas poussé le mépris de l'histoire jusqu'à
en faire deux personnages. Les Orientaux, qui
ont créé tant de Salomons mythiques, ont donné
aussi à Iskender un prédécesseur, dont la vie
fantastique rappelle assez les tendances et le
caractère du redoutable fils d'Olympias. Cet
Alexandre aurait construit une muraille gigantesque, le rempart de Jagiouge (Gog), et de Ma-
giouge (Magog), pour défendre l'Asie civilisée
contre les farouches nations du Nord, et il
aurait cherché longtemps dans « la région ténébreuse de l'Orient » l'eau de vie que trouva
Kheder et qui le rendit immortel. « La fontaine
de vie, dit un poëte persan, qu'Alexandre a
cherchée en vain, fut trouvée par Kheder qui en
but à longs traits. » Grâce à cette fontaine dont
l'Ottoman parle de la même façon quand il con-
seille de ne pas aller la chercher « sur les pas de
Khiser », que plusieurs confondent avec le compagnon d'Alexandre, le prophète Élie jouit d'une
jeunesse éternelle. Cet Alexandre refoulant le

monde barbare jusqu'aux extrémités de l'univers connu et pénétrant dans le pays de la nuit, y marchant pendant mille ans, pour y chercher l'immortalité, est un digne prédécesseur de celui qui, avec une poignée de héros, s'enfonça dans l'Asie redoutée et qui força la terre à garder le silence devant lui, pour employer les énergiques expressions de la Bible.

Le premier, ainsi que le second Alexandre, est surnommé « aux deux cornes », comme maître de l'Occident et de l'Orient. Cet empire exercé sur le monde est tellement conforme aux idées musulmanes, — Mourad IV se qualifie lui-même dans une pièce de vers de « maître souverain des deux mondes », — il réalise si bien l'idéal que cette religion se fait du monarque, ombre d'Allah, que, grâce à elle, les disciples du Prophète oublient que le conquérant hellène n'appartenait ni à leur race, ni au culte monothéiste.

Il existe, il est vrai, des noms qui se perpétuent dans toutes les religions, qui s'imposent à l'imagination de tous les peuples, des personnages que le caractère exceptionnel de leur vie prédestine à prendre place dans le monde des légendes. Les chrétiens, comme Aboulfarage et Ebn Batrik, perdent le sentiment de la réalité quand ils par-

lent du grand Macédonien. Les *Siret Iskender*[1]
des Arabes fournissent une riche matière aux
conteurs des cafés.

La Perse n'en a pas une idée moindre. Il suffit pour s'en convaincre d'étudier dans le *Schah-
nameh* de Firdousi l'histoire idéale d'Alexandre.
Ses successeurs rivalisent d'ardeur à raconter les
exploits du vainqueur du grand roi, et Nisâmi,
Djami, Hatefi, Ahmedi les ont chantés en vers
dans les *Iskender-nameh* (histoire d'Alexandre) et
dans des *Aineh Iskenderi* (miroir d'Alexandre).
Dans la période conquérante, cette légende exerçait déjà une grande action sur l'imagination des
Ottomans. L'épopée publiée en vers turcs par
Ahmed Daji[2], tandis que son frère Hamsa en faisait un grand roman, fut très-goûtée des sultans qui
rêvaient la monarchie universelle. Mohammed II
et Sélim Ier, dit Giovio (P. Jove), faisaient leurs
délices de la vie d'Alexandre.

Aux yeux du Musulman, l'idéal dont les monarques célèbres du monde antique ne sont qu'une
ébauche, se réalise dans celui qui surpasse Salomon en sagesse et qui, plus heureux que les

1. *Description de la vie d'Alexandre.*
2. Biographies de Latifi et d'Aaschik, trad. par Chabert,
p. 85.

Alexandre et les César, a su fonder cet empire
du vicaire d'Allah, qui jusqu'à présent a réussi à
renaître de ses ruines (on sait quels sont de nos
jours les progrès du Mahométisme en Afrique)
et dont la décadence au sud-est de l'Europe
peut être visible pour le penseur et l'homme politique sans l'être pour le croyant, habitué à
« espérer contre toute espérance ». Les Chrétiens
ont leur *Paradis reconquis* et leur *Messiade* consacrés à exalter les épreuves et les gloires du
fondateur de l'Église. Quoique Mohammed ait
eu la prudence de ne point considérer les prodiges
comme une preuve de l'Islam, le récit qu'il a fait
dans le Koran de son excursion miraculeuse à
Jérusalem et de son voyage nocturne au ciel [1]
suffisait seul pour ouvrir une vaste carrière
à l'imagination du peuple.

Aussi de son vivant disait-on que les arbres
et les rochers avaient salué le Prophète d'Allah.
La poésie ottomane a si peu résisté à ce penchant
pour le surnaturel qu'un écho des croyances populaires, Sati [2], né en Crimée dans la classe
ouvrière, va jusqu'à dire que le céleste pèlerin a

1. Miradiyé, Aarif et Nabi ont chanté l'ascension du
Prophète.
2. Contemporain de Sélim 1ᵉʳ et mort en 1546.

sucé la lumière en guise de lait et que la lune
ravie de sa beauté s'est fendue en deux [1], comme
s'il ne suffisait pas qu'il eût, monté sur la jument
Borak, parcouru en une seule nuit les neuf sphè-
res des cieux.

On retrouve les mêmes tendances dans un
poëte du xve siècle, Ibn Katib. Dans son principal ouvrage, *Merveilles du temps et Curiosités
pour les yeux et pour l'esprit,* il nous entretient de
la vie, des miracles de Mohammed, de l'établis-
sement de cette religion que les musulmans considèrent comme le perfectionnement des révéla-
tions faites à Moïse et à Jésus. Le *Meuloudijé* ou
Anniversaire de la naissance du Prophète du poëte
Souleïman montre que dans le siècle précédent
la religion, telle qu'elle avait été prêchée par
Mohammed, était l'âme de cette société ottomane
si dangereuse alors pour le repos de l'Europe.
Quand je parle de la religion prêchée par le Prophète je me sers d'une manière de parler fort
usitée, et pourtant très-défectueuse, qui tend à
confondre perpétuellement les doctrines du fondateur d'une religion avec celles de ses succes-

1. Prodige qu'on racontait déjà pendant la vie du Prophète.

seurs. Il suffit de comparer le Koran avec le populaire poëme [1] de Mohammed Bidjan [2] pour constater la différence qui existe entre l'islamisme primitif et celui des siècles suivants.

On comprend d'autant mieux le goût que la poésie légendaire inspirait à de belliqueux sultans, que le monarque universel, digne continuateur des plans de Mohammed, est l'idéal de tout padischah ottoman. Sans doute dans l'état de décadence où est tombé l'empire, nous sommes portés à craindre d'autres chimères (on n'en manque jamais en ce monde, bercé d'illusions) que celles qui troublaient la raison des maîtres de Stamboul. Mais il ne faut pas perdre de vue que les khalifes, dont ils se regardent comme les successeurs, avaient été un moment la terreur des souverains et des peuples. Des princes tels que Mohammed le Conquérant et Souleïman le Magnifique semblaient de taille à réaliser tous les projets. Une femme de grand talent, la belle et

---

1. Ce poëme (*Mohammediyé*), qui contient 9,109 distiques, est une collection complète des légendes relatives à Mohammed, avec des dissertations dogmatiques et mystiques. — L'édition de Boulak (1840) est accompagnée de commentaires; celle de Kasan (1845) ne contient que le texte.

2. Latifi, *Biographies*, trad. Chabert, p. 300.

énergique Zeïneb [1], dans la pièce de vers qu'elle
adresse à Mohammed II, à qui elle a dédié son
Divan, exprime très-nettement les opinions populaires. Le jeune *padischah,* que les nations doivent
admirer le front dans la poussière, a pour mission de conquérir le monde. Il doit porter ses
étendards victorieux jusqu'aux pays habités par
les Chinois. Comme Alexandre il doit marcher
mille ans après s'être fortifié dans les eaux du
Keuser, fleuve du huitième ciel, qui roule les
perles et les rubis, dont l'onde est plus parfumée
que le musc et l'écume plus resplendissante que les
astres du ciel. Puisse-t-il enfin, plus heureux que
le héros grec, découvrir la fontaine d'immortalité!
En effet le mot prêté à un courtisan de Louis XIV:
« Nous sommes presque tous mortels », n'aurait
eu rien d'absurde à la cour de Mohammed II.
Les Turcs comme les fils d'Israël pensent qu'un
favori du ciel peut échapper à la mort, ainsi que
les Énoch et les Élie, et quel être vivant serait
plus digne d'une pareille faveur qu'un représentant d'Allah, qui accomplirait sa mission en obli-
geant le monde, plongé dans les ténèbres et les

---

1. Elle dit elle-même qu'elle a « une âme virile et que,
quoique femme, elle dédaigne la parure et les ornements ».

superstitions, à se prosterner devant le Dieu
unique? Un souverain lettré comme Mohammed,
un poëte, qui encourageait la poésie jusque dans
la Perse et dans l'Inde, semblait aux écrivains
ottomans de son temps bien digne de l'avenir
glorieux qu'ils lui prédisaient.

Si la nature obéissait en esclave à Salomon,
pourquoi ne reconnaîtrait-elle pas jusqu'à un certain point la grandeur de son héritier, le « maître
des deux mondes » (le visible et l'invisible), comme
se nomme lui-même un poëte couronné, le terrible
Mourad IV, qui fit périr 100,000 personnes?
La poésie, en parlant des fleurs fêtant Mohammed
qui se préparait à s'emparer de la ville de Constantin, nous montre « mille fleurs rangées en
bataille dans la plaine, qui attendent le roi du
temps pour être passées en revue ». Les arbres
ne sont pas moins sensibles. Le platane étend ses
vastes bras pour supplier Allah d'éloigner le
malheur du « roi de l'univers » et de lui faciliter
a conquête de la ville.

A mesure que le chef d'une race conquérante
se transformait en despote traînant une existence
inerte au fond d'un palais[1], la pensée devait se por-

---

1. *L'Économiste français* a donné (décembre 1875) les
plus curieux détails sur la vie d'Abdoul-Azis.

ter plus volontiers vers Salomon que vers le
Macédonien dont la turbulence avait semblé
trouver la terre trop étroite. Si déjà l'impétueux
et infatigable Sélim trouve dans son *Hymne à
Allah* que rien n'est comparable au prince juif,
Souleïman Ier, quand il expose en vers les devoirs
d'un sultan, d'un ministre d'Allah (Sélim Ier insiste dans une pièce de vers sur l'origine divine
de son pouvoir) dans les mains duquel est le
sort de l'univers, semble plutôt préoccupé de ne
pas agir en khan tartare, d'être le protecteur des
bons et la terreur des méchants, de faire miséricorde et de rendre son peuple heureux, que de
recommencer les courses d'Alexandré à travers
le monde. Cependant le héros de Mohacz se rappelle encore que celui qui dort sur le trône est
une brute, condition qui n'effrayera nullement
son fils[1], Sélim II, l'Ivrogne, occupé dans
le *sérai* tandis que la perte de la bataille de
Lépante mettait l'empire sur la pente de la
ruine, à boire ou à chanter ses favorites, ainsi
que tant d'autres qui font penser plutôt aux der-
niers Mérovingiens, gouvernés par les maires du

1. Un autre fils de ce souverain célèbre, Bayezid, rêve
de devenir un Salomon exterminateur des Chiites et terreur
du monde.

palais, qu'aux conquérants de Brousse, d'Andrinople et de Stamboul. Mais en général l'impuissance ne fait pas diminuer les prétentions. Notre
contemporain Mahmoud II, malgré les humiliations qui lui avaient été infligées par les Albanais,
les Serbes, les Hellènes, les Russes et les Égyp-
tiens, continuait pour les flatteurs d'être un nouvel
Alexandre. L'historiographe de l'empire écrivait,
après la destruction des janissaires : « Mahmoud
est un Iskender terrible... Il est incomparable
entre les plus sages monarques... Le style si vanté
de Mir Féridoun est plat en comparaison du sien.
Sa générosité est telle, que les eaux de la mer ne
seraient qu'une cuillerée de ses bienfaits, etc. »
Il est assez inutile d'ajouter que l'auteur forme
le vœu de voir Sa Hautesse étendre « son ombre
bienfaisante sur l'Orient et sur l'Occident ».

Mahmoud est le dernier des sultans qui ait
cultivé les lettres. Le « padischah réformateur »,
qui s'efforçait de rendre la vie à un État énervé
et corrompu par le despotisme, n'ignorait pas
que les plus redoutables de ses prédécesseurs, les
Mohammed II, les Soulëiman Ier, les Sélim Ier, les
Mourad IV, avaient été des poëtes distingués [1].

---

1. On trouvera le portrait des sultans poëtes dans mon

Le don des vers, bien plus commun dans la
famille d'Osman que dans aucune maison régnante,
qu'on trouve chez Mourad II, chez Bayezid II,
chez son frère Djem, chez Korkoud, frère de
Sélim Ier, chez Moustapha et Djikangher, fils de
Souleïman Ier, chéz Sélim II, chez Mourad III,
chez Ahmed Ier, chez Osman II, chez Ahmed II,
chez Sélim III, chez Mahmoud II, chez sa sœur
Hébetulla, tend à disparaître, et avec lui le dernier reflet de la splendeur qui entoura jadis le
trône des redoutables conquérants de Constantinople.

Histoire des Poëtes ottomans (Rivista europea, février-
mars, Florence, 1877).

CHAPITRE IV

LES ÉPOPÉES ROMANESQUES

 N Perse l'épopée romanesque
avait été cultivée avec autant
de succès que l'épopée nationale,
avant que les poëtes ottomans
s'occupassent de ce genre de poésie. Après Firdousi, l'auteur cé-
lèbre du *Livre des rois,* la terre féconde de l'Iran
produisit les Nisâmi, les Djami, les Hatefi[1].

Nisâmi, qu'on appelle avec raison le créateur
de l'épopée romanesque, florissait au temps où les
Turcs Seldjoucides dominaient en Perse, et ces

---

[1]. V. Hammer, *Geschichte der schönen Redekünste Per-
siens.* Vienne, 1818.

princes protégèrent constamment· le brillant écrivain. *Khosrou et Schirin* [1], *Medjnoun et Leïla* [2],
sont deux sujets qui sont devenus populaires
parmi les Turcs. Ce fut même à la demande du
sultan seldjoucide Kisil Arslan que Nisâmi chanta
les amours de Khosrou et de Schirin, thème emprunté à l'histoire de la Perse avant l'invasion
de l'islamisme, et que le neveu de Nisâmi, Hatefi,
devait reprendre après lui. Lorsque Nisâmi présenta son poëme au sultan, qui en avait accepté
la dédicace, le prince lui donna quatre villages
avec leur territoire.

Djami, qui fut l'ami du célèbre poëte turc,
Mir Ali Chir Névaï, et qui dédia un |de ses
ouvrages à Mohammed II, traita de nouveau le
sujet de *Medjnoun et Leïla* [3], et il publia *Yousouf
et Zouleikha,* histoire des amours du patriarche
Joseph, chantée déjà dans un poëme de Firdousi.

Les poëmes romanesques nous transportent
dans un monde qui diffère profondément de l'empire ottoman. Mais les Arabes et les Persans, —
il ne faut pas l'oublier, — sont pour les maîtres

1. *Schirin, Ein morgenländisches romantisches· Gedicht*
(Leipzig, 1809), traduction très-libre du baron de Hammer.
2. Traduit par Atkinson. Londres, 1836.
3. Traduit par Chézy. Paris, 1807.

de cet empire ce que sont pour nous les Grecs
et les Latins, des ancêtres littéraires auxquels on
est toujours porté à revenir :

Sur des sujets anciens faisons des vers nouveaux.

Les deux principaux thèmes des épopées romanesques appartiennent à la poésie légendaire.
Joseph et Khosroés n'ont pas été inventés plus
que Salomon et Alexandre; mais l'imagination des
peuples s'est emparée de détails caractéristiques
de leur vie agitée pour les tranformer en véritables romans. Le personnage lui-même n'échappe
pas toujours à l'idéalisation. On a quelque peine,
par exemple, à reconnaître le modeste fils de
Jacob, dans ce séduisant Yousouf ben Jacob qui
est pour les musulmans le plus populaire des patriarches, sur l'épaule duquel brille un point
lumineux semblable à une étoile, signe de la grandeur qui lui était réservée et caractère ineffaçable
de la Prophétie. Rien dans la tradition hébraïque
ne porte à le considérer comme un Adonis, et
pourtant la légende mahométane lui donne le
nom de « lune de Chanaan », et affirme qu'il
surpassait en beauté tous les fils d'Israël. « O
lune de la terre de Chanaan, dit le Persan Hafiz,

le trône de l'Égypte est préparé pour toi, il t'attend : il est donc temps que tu dises adieu à la prison. » Mais les Musulmans s'accordant à considérer le *Divan* du poëte persan comme un ouvrage mystique, le commentateur ottoman ne manque pas de voir dans cet éclatant Joseph l'âme fidèle, éclairée des lumières divines, qui ne peut prendre possession des splendeurs célestes qu'en sortant de la ténébreuse prison du corps.

Les amours de Joseph avec Zouleïkha, qui ont rendu Joseph si célèbre en Orient, sont interprétées d'une façon analogue par les mystiques. Les Musulmans ont trouvé le roman de Joseph dans le chapitre du Koran qui porte son nom, et leurs poëtes lui ont donné une popularité extraordinaire. Zouleïkha, l'épouse de Putiphar, devient dans cette légende la fille du roi d'Égypte, et loin que son amour pour le jeune Israélite réveille la pensée d'une passion sans frein qu'il fait naître chez les Occidentaux, on se sert du nom et de l'exemple de ces deux amants pour donner l'idée d'une affection supérieure aux brutales convoitises de la foule, on les présente comme l'image de l'âme fidèle, s'élevant par l'amour jusqu'à Dieu, en qui se réalise l'idéal de beauté dont les créatures ne présentent qu'un rayon obs-

curci. Si Joseph est la figure du Créateur et Zouleïkha celle de la créature, on comprend fort
bien, avec Hafiz, « comment la beauté extraordinaire de Joseph peut transporter le cœur de Zouleïkha hors des bornes d'un amour ordinaire ».

On sait que l'interprétation de l'églogue passionnée qu'on nomme le *Cantique des Cantiques*,
un des chefs-d'œuvre de la poésie sémitique, était
autrefois conforme à ces principes [1].

La popularité dont jouit en Turquie ce
genre d'interprétation explique celle des amours
du patriarche juif. Ce sujet qui, sous Mohammed II, avait été traité déjà par Hamdi, qui prit
pour guide Djami, conserva sa vogue. Bihischti,
sous Bayezid II, Nimeti et l'Albanais Yaya, un
des meilleurs poëtes de l'âge d'or, sous Souleïman Ier, Rizaati, sous Moustapha II, se signalèrent
parmi les chantres de Joseph et de Zouleïkha.
On sait que les poëtes toscans, les Dante, les
Pétrarque [2], Michel-Ange [3] dans ses sonnets, ont
adopté également une manière d'envisager l'amour

1. V. Renan, *le Cantique des Cantiques.*
2. M. Valerga a signalé dans sa traduction d'Omar-ben-
al-Fared de curieuses analogies entre ce poëte et le chantre
de Laure (Florence, 1874).
3. V. Lannau, *Michel-Ange poëte.*

qui se rapproche singulièrement des idées que je viens d'exposer, idées qui avaient le privilége d'exaspérer l'étrange auteur de la *Justice dans la Révolution et dans l'Église*.

Les amours de Kaïs, surnommé Medjnoun, et de Leïla sont aussi considérées par les Orientaux comme un thème mystique, et leurs noms sont devenus aussi populaires en Orient que ceux de Pétrarque et de Laure parmi les Occidentaux. Le nom de Medjnoun, qui signifie en arabe un insensé, un homme possédé par un esprit étranger, bon ou mauvais, fait comprendre qu'il faut, ainsi que le veulent beaucoup de mystiques, se défaire de sa raison pour s'abandonner à la sainte folie de l'amour divin. « Dans le chemin plein de dangers et de peines qui conduit à la maison de Leïla, dit le Persan Djami dans son *Divan*, il faut, avant que d'y faire le premier pas, devenir Medjnoun. » Pour exprimer le caractère contagieux de cet enthousiasme sans frein, on dit que Medjnoun, n'ayant pas plus soin de sa personne que l'*Orlando furioso*, ne s'occupait point de sa chevelure, qui devint tellement inculte et touffue que les rossignols, chantres des amours, la prenant pour un buisson, y faisaient leur nid. Les jeunes rossignols qui en sortaient étaient tellement amoureux que, lorsqu'ils voltigeaient sur la tête de quelqu'un, ils lui communiquaient le feu qui les dévorait.

Comme dans le Platonisme de l'école dantesque l'amour ne peut avoir pour but d'obtenir l'affection d'une créature imparfaite, même quand elle resplendit de tous les attraits, mais cette beauté incréée, cette *pulchritudo increata* que le fils de Monique se plaignait d'avoir trop tard connue, trop tard aimée. Un poëte ottoman, pour faire entendre à ses amis qu'il en était arrivé au degré où se trouvait l'auteur des *Confessions,* leur adressa ces vers : « Celui qui fixe sa vue sur son Seigneur ne s'amuse plus à considérer Leïla. — Quiconque regarde le soleil ne daigne plus arrêter ses yeux sur la lune : — il en est de même de celui qui possède le souverain bien ; — car, dès qu'il est dans cet état, il n'a que du mépris pour les choses de la terre. — Adieu donc, Leïla, puisque j'ai trouvé aujourd'hui mon Seigneur : — ton amour m'a porté jusqu'à celui du vrai et unique bien. — Adieu donc, créatures misérables, car j'ai trouvé toutes choses dans un seul objet. — Sa présence est si fortement imprimée dans mon âme, — que je ne sens en moi d'autre désir que d'être uni à lui. — Sa beauté incomparable efface

toutes les autres de mon esprit. — Adieu donc,
Leïla, pour la dernière fois. »

Névaï (Mir Ali Chir), qui était lié avec Djami,
traita en persan le sujet de Medjnoun et Leïla.
L'exemple de l'écrivain illustre qui contribua
tant à donner aux Turcs orientaux une littéra-
ture n'a pas été perdu pour les Ottomans.
Nedjati et Bihischti sous Bayezid II, Fouzouli et
Djelili, deux des meilleurs poëtes du grand
siècle littéraire des Ottomans, sous Souleïman Ier,
Kafzadé et Rizaati sous Moustapha II, chantèrent
à leur tour ces deux amants célèbres. Sous
Ahmed III une femme, Ani Aazim, continua
Kafzadé.

Tandis que Joseph et Zouleïkha, Medjnoun et
Leïla, sont des thèmes employés volontiers par les
mystiques, Khosrou et Schirin n'ont rien à voir
avec l'amour divin. L'époque des Sassanides, si
glorieuse pour l'Iran, a laissé de vivaces souve-
nirs dans l'imagination orientale. Si Roustem est
le héros de l'époque antérieure aux conquêtes
étrangères, si la légende d'Alexandre termine le
cycle de la poésie antique, un nouvel idéal appa-
raît dans la poésie de la Perse [1] au temps où

---

1. V. Firdousi, *le Schah-nameh*, trad. Mohl.

les vaillants Sassanides délivrent l'Iran de la
domination des Parthes, ancêtres des Turcs selon
Hammer. Behramgour remplace Roustem dans
les imaginations, Behramgour qui ne saurait être
surpassé comme cavalier intrépide, chasseur
ardent, amant aux sentiments délicats. Schirin
est alors l'idéal de la femme.

Les amours du roi de Perse, Khosrou II,
surnommé Parviz, avec une chrétienne, rappellent
le mariage du terrible Ali-pacha avec Vasiliki. Il
n'est pas étonnant que la poésie se soit emparée
de la vie de ce souverain ; car elle est si naturellement dramatique que l'imagination n'a pas
beaucoup de frais à faire pour y trouver tous les
éléments d'un intérêt très-vif. Un prince qui
succède à un père détrôné et qui est bientôt
lui-même obligé de s'enfuir de son pays ; un
banni qui trouve, dit-on, dans l'exil un amour
dévoué ; un adorateur d'Ahoura-Mazda auquel
l'empereur orthodoxe rend la couronne ; un soldat
qui connaît les enivrements du triomphe et les
angoisses des revers ; un monarque puissant, un
« roi des rois » qui meurt de faim dans une prison comme un vil criminel, un époux auquel sa
compagne ne veut point survivre : tel est le sujet
que présente le règne dramatique de Khosrou.

Il est certain que peu de temps après son réta-
blissement sur le trône de l'Iran, Khosrou avait
épousé une chrétienne, nommée Sira ou Schirin,
dont il était éperdument amoureux. La loi de
Zoroastre et la coutume des Perses interdisaient
de pareilles unions. Cette Schirin était-elle véri-
tablement la fille de Maurice, empereur d'Orient?
Irène (Irini), que d'autres nomment Marie, est-
elle devenue la Schirin des poëtes? Comme
les rois de Perse pratiquaient la polygamie
(l'héroïne Gourdieh « généralissime » était une
des femmes de Khosrou), l'identité des deux
personnages n'est point établie. L'historien
Mirkhond dit que Schirin était esclave d'un
seigneur persan, et que Khosrou, qui ne régnait
pas encore, en devint fort épris. Il lui donna son
anneau qui devint pour elle un arrêt de mort, car
son maître ordonna qu'on la précipitât dans
l'Euphrate. L'exécuteur de ces ordres impitoya-
bles, attendri par les larmes et la beauté de la
jeune esclave, se contenta de la pousser sur le
bord du fleuve et elle put se sauver facilement.
Après avoir vécu plusieurs années cachée chez un
solitaire, un jour que des soldats passaient près
de sa retraite elle chargea un de ces hommes de
porter au prince l'anneau qui lui avait été si fatal.

Or Khosrou était maintenant assis sur le trône du « roi des rois ». On lui mit, dit un des poëtes ottomans qui ont chanté ses amours avec Schirin, la couronne royale de Perse sur la tête et on lui donna le surnom de Parviz[1], parce qu'il « ravissait les esprits et les cœurs de tous ceux qui le regardaient[2] ». Khosrou récompensa le messager avec une munificence digne du grand roi et envoya une nombreuse escorte pour lui amener celle dont le souvenir ne s'était jamais effacé de son âme.

Quoi qu'il en soit de la vérité de l'histoire racontée par l'écrivain persan, il est certain que Khosrou voulut éterniser par de nombreux monuments l'amour que Schirin lui avait inspiré. Ferhad, un de ses généraux, chargé de cette tâche, y mit une telle ardeur que les Perses, reconnaissant l'amour dans un zèle pareil, ont regardé Ferhad comme le rival de son souverain. Les poëtes ne pouvaient manquer d'adopter cette

1. Il existe tant d'étymologies du surnom de Parviz qu'il est difficile de dire quelle est la meilleure.

2. Charmant, jeune et traînant tous les cœurs après soi.

On sait que la cour de Louis XIV lui appliquait ce vers de Racine.

supposition qui permettait d'opposer l'amour
d'un simple mortel à la passion du « roi des rois ».
Aussi Mir Ali Schir, le poëte célèbre de Hérat,
dit que, quoique Khosrou ait été un des princes
les plus heureux de son pays, qu'il ait surpassé
tous ses prédécesseurs en puissance et en richesses,
il éprouva néanmoins les deux plus grands malheurs qui puissent arriver à un homme sur la
terre. Le premier est qu'étant éperdument
amoureux de Schirin, elle n'eut jamais pour lui
d'inclination et qu'elle lui préféra Ferhad, assez
heureux pour être aimé de la plus belle personne
qui fût alors sous le ciel. Le second est qu'étant
sommé par Mohammed d'embrasser la religion
du vrai Dieu, il préféra le culte du feu et des
astres, manière d'agir qui fut la cause de tous
ses malheurs.

En effet, les épreuves subies par Khosrou au
commencement de son règne devaient se renou-
veler. Les chrétiens allaient sortir de leur torpeur
pour faire un puissant effort contre la Perse, et
une religion nouvelle, l'Islamisme, se préparait à
adresser aux disciples de Zoroastre des menaces
qui ne devaient se réaliser que trop tôt. L'empereur d'Orient, Héraclius, dont M. Drapeyron
a publié il y a quelques années une savante his-

toire[1], se réveilla comme d'un rêve quand les
Perses s'emparèrent de Jérusalem et de la vraie
croix. Il attaqua Khosrou avec tant de vigueur
que celui-ci fut forcé de s'enfuir dans la Susiane
avec Schirin, le fils chéri qu'il en avait eu,
Merdan-schah, et ses autres enfants. Pour ajouter
à ses humiliations, Abdallah vint de la part du
Prophète lui donner l'ordre de renoncer à cette
religion de Zoroastre qui inspirait tant de respect
à l'Iran. Accablé par les revers et les affronts, le
vaillant roi de Perse tomba malade et voulut
abdiquer en faveur de Merdan-schah. Mais un de
ses fils, Kobad, surnommé Shirouieh (le Siroès des
Grecs), leva l'étendard de la révolte. La hauteur
et l'obstination du roi, les dépenses énormes
qu'exigeaient les monuments qu'il faisait bâtir (la
légende célèbre son palais aux quarante mille
colonnes d'argent et aux mille globes d'or qui
représentaient les mouvements des astres), sa
passion pour Schirin les avaient rendus aussi
impopulaires l'un que l'autre. L'insurrection ayant
triomphé, Khosrou fut assassiné par ordre de son
fils et ses amis périrent dans les supplices. Schi

1. *L'Empereur Héraclius et l'Empire byzantin au*
VIIᵉ siècle.

rin dut paraître devant le nouveau roi pour
répondre aux accusations dirigées contre elle par
la multitude. Elle se défendit avec courage et
dignité, quoiqu'on l'eût obligée de quitter son
voile pour paraître devant les rebelles. Mais sa
fermeté dans l'infortune et son éloquence firent
moins d'effet que les charmes de celle que les
Orientaux regardent comme la plus séduisante
des femmes. L'usurpateur offrit donc à sa belle-
mère son trône et sa main. Schirin, sans refuser,
demanda à entrer dans le tombeau de Khosrou
où elle s'empoisonna.

Dès le temps de Mohammed Ier nous voyons la
poésie turque s'emparer du sujet de Khosrou et
de Schirin. Siman, plus connu sous le nom de
Scheïkhi, qui fut médecin du sultan, composa le
premier et le meilleur des cinquante poëmes
romanesques ottomans. Le goût des lettres com-
mençait à se développer à cette époque, et c'est à
tort qu'on a prétendu que la littérature ottomane
ne date que du règne du conquérant de Constantinople. Scheïkhi prit pour guide Nisâmi. A
une époque également mémorable des annales
ottomanes, Djelili s'inspira de la poésie de
la Perse pour chanter à son tour Khosrou et
Schirin. Ce thème est devenu aussi populaire

parmi les Turcs que parmi les Persans. Chez les premiers, Ahi, Djelili, Lamii, Schani, Mev-lanaschah et Mahmoud ben Osman [1] ont imité Nisâmi.

1. *Biographies,* par Aaschik et par Latifi.

CHAPITRE V

L'ÉPOPÉE ALLÉGORIQUE

ous avons vu l'épopée roma-
nesque aboutir plus d'une fois,
— à la grande surprise de ceux
qui s'entêtent à ne voir dans la
poésie turque que le plus grossier
matérialisme, — au mysticisme
le plus décidé. La même tendance se retrouve
dans l'épopée allégorique; mais les théories
mystiques revêtent alors une forme plus indépendante et en même temps plus en rapport
avec nos propres traditions, le genre allégorique
ayant été fort goûté des poëtes du moyen âge
européen. En outre, il n'est plus nécessaire de
s'initier à la vie de personnages dont nous con-

naissons fort peu les aventures, il s'agit de
l'homme et du sombre « problème de la vie
humaine », qui n'a pas moins intéressé les poëtes
ottomans que Théodore Jouffroy. Depuis que
la poésie existe elle a aimé à voir dans le drame
saisissant de la nature l'image de notre existence, si courte et en même temps si agitée,
« qui passe comme la fleur, qui sèche comme
l'herbe des champs [1]. » Mais l'antiquité clas-
sique, à l'école de laquelle nous avons été for-
més, avec le goût si pur qui la guidait, ne laissait pas l'allégorie se perdre et s'obscurcir dans
des développements infinis. Il n'en est pas de
même des poëtes du moyen âge dont les imitateurs excitaient encore en France la verve rail-
leuse de Boileau. Or les poëtes ottomans sont
restés fidèles à une esthétique qui n'est plus de
mode en Europe. Pour les comprendre et les
apprécier, nous ne devons donc pas chercher
dans le présent, mais dans le passé, un terme de
comparaison.

La Rose et le Rossignol de Fasli, un des principaux poëtes de l'empire ottoman, est l'œuvre
d'un écrivain déjà ancien, puisqu'il entrait dès

1. Bossuet.

1530 dans la carrière littéraire, à une époque où
Ronsard, qui avait du sang oriental dans les
veines [1], n'avait que six ans. Son poëme, comme
les épopées consacrées au grand Macédonien,
prouve que la Turquie, au temps de ses triomphes, n'était nullement étrangère aux conceptions poétiques goûtées des nations chrétiennes,
ainsi qu'elle l'est devenue quand la décadence l'a
isolée d'un monde que l'esprit de la Renaissance
transformait chaque jour, sous ses yeux indiffé-
rents, d'une façon si profonde. L'immense
Roman de la Rose, qui a eu une telle vogue au
XIIIᵉ et au XIVᵉ siècle, est aussi un poëme allégorique; mais Guillaume de Lorris, l'auteur des
premiers 4,000 vers, et Jean de Meung, son
continuateur (il ajouta 18,000 vers), ne sont certainement pas mystiques comme le poëte ottoman [2]. Fasli, au XVIᵉ siècle, est bien moins
éloigné du genre de sentiments qui poussaient
à la croisade les héros chantés dans la *Gerusa-
lemme liberata* que les innombrables admirateurs
que le *Roman de la Rose* avait en France et dans
toute l'Europe. Les vers de Jean de Meung

---

1. Le poëte célèbre de la France du XVIᵉ siècle était
d'origine roumaine.
2. V. *Histoire littéraire de la France,* t. XXIII.

montrent même que le culte de la femme, « chez
laquelle il existe quelque chose de divin et de
prophétique [1], » introduit dans la chevalerie par
l'esprit germanique, avait fait place au suprême
dédain reproché aux sectateurs de l'Islam [2] et
dont Proudhon conserve la tradition avec un
pédantisme hargneux admiré par les naïfs [3].
Quant à l'abus de l'allégorie, il est beaucoup
plus sensible dans l'épopée française que dans
l'épopée ottomane, ainsi que l'attestent les
efforts, souvent si malheureux, des commentateurs du *Roman de la Rose*. Si l'étude de la poésie
ottomane décourage à un tel degré la paresse
insouciante de nos contemporains, il faut donc
l'attribuer moins à ses caractères qu'à la différence qui existe entre les hommes de ce temps
et ceux qui regardaient le *Roman* de G. de
Lorris et de J. de Meung comme le chef-d'œuvre
de l'esprit humain. En général, l'intelligence de
la poésie du passé n'exige pas seulement un vif
sentiment esthétique. Guizot lui-même n'a jamais
compris les épopées de l'Inde. Personne n'ignore

1. Tacite, *De moribus Germanorum.*
2. Gérusez, *Histoire de la littérature française depuis
ses origines.*
3. V. *La Justice dans la Révolution et dans l'Église,* etc.

que les commentaires de Dante formeraient une
bibliothèque. Ceux qui ont tant d'estime pour
une exégèse aussi laborieuse et aussi patiente me
pardonneront, je l'espère, d'avoir consacré quelques pages à un poëte dont, grâce à l'infatigable
baron de Hammer [1], le nom est fort connu en
Allemagne, quoiqu'il manque, comme celui des
poëtes turcs les plus éminents, dans les encyclo-
pédies et dictionnaires biographiques des pays
latins, — si complets ordinairement sur les hauts
faits et sur les succès des ténors et des danseuses.

Les analogies qui existent entre le poëme de
Fasli et le *Roman de la Rose* feraient croire que
Fasli a pris le *Roman* pour modèle. Mais un
examen plus attentif de la question montre que
quelques poëtes français ont dû comme Pétrarque
faire plus d'un emprunt à la riche littérature
arabe, qui exerça sur le moyen âge une influence
dont on ne connaît pas encore toute l'étendue.
Après la ruine de la glorieuse civilisation gréco-
romaine, les Arabes ont pendant plusieurs siècles
marché à la tête du monde civilisé. On ne doit
donc pas s'étonner de voir les fils des croisés
comme les sujets des sultans s'inspirer de leurs

1. *Gûl u Bulbul*, trad. par Hammer (Pest, 1834).

4

idées. Un docte orientaliste, M. Reinaud, a con-
staté l'analogie qui existe entre *les Oiseaux et
les Fleurs* et le *Roman de la Rose,* publié à peu
près à la même époque. La Rose représente
l'objet aimé, mais les deux poëtes chrétiens sont
bien moins idéalistes que l'auteur arabe, car ils
ne songent uniquement qu'à l'amour terrestre.

Le commencement du poëme de Fasli montre
déjà quelles sont les tendances de l'auteur, tendances que la langue turque exprime bien mieux
qu'on ne le croit généralement [1]. Il débute par
les louanges d'Allah et du Prophète. Le poëte
confesse ses erreurs, dont il implore le pardon.
Il a été trompé comme tant d'autres par les illusions de la vie, séduit par le monde qui l'a
laissé livré à toutes les tristesses.

Il fait ensuite l'éloge de la rose à laquelle
l'épopée est consacrée. La rose est à la fois la
beauté et la grâce qui exercent leur empire sur
tous les cœurs sensibles. Le printemps lui sert
de maître, les autres fleurs la considèrent
comme une reine, le matin lui présente un miroir
de rosée dans lequel elle contemple ses charmes

---

[1]. « Ad moralia scripta sermo turcicus videtur idoneus, »
disait William Jones, *Pocseos asiaticæ commentarii.*

avec un orgueil qui fait comprendre l'accueil
hautain que reçoit le rossignol.

Celui-ci ayant entendu parler de sa beauté en
devient épris, comme le font les princes des *Mille
et une Nuits* quand on vante les charmes de
quelque belle fille. Après de longues plaintes
au fond des forêts et d'inutiles voyages pour la
découvrir il apprend d'un fleuve le nom de la
ville qu'elle habite. Sa vue ne fait qu'augmenter
sa passion. Sans cesse il implore sa pitié, et il
s'adresse aux bois, aux vents, au soleil, à la
lune, à Dieu lui-même, qu'il invoque en recou-
rant à l'intercession des saints personnages qui
ont connu et glorifié Allah, comme Adam, Noé,
Jésus, Marie. Il les conjure de s'unir à lui pour
fléchir la fière beauté qu'il adore.

Malheureusement pour le pauvre amant le
narcisse est l'ennemi du rossignol, qu'il calomnie
en s'adressant à l'épine, laquelle rapporte ces
discours malveillants à la rose. Après avoir été
d'abord flattée de son enthousiasme, elle en
prend une si mauvaise opinion qu'elle prie le
schah (roi) du printemps de le mettre en prison.

Cependant la guerre éclate, et, témoin attendri
des malheurs qui l'accompagnent, la rose demande
si le rossignol n'est pas aussi à plaindre que les

victimes de la fureur des combattants. Elle en-
voie un de ses amis, le zéphyr, pour savoir ce
qu'il devient dans sa captivité. Profondément
touchée des nouvelles qu'il rapporte, elle se
décide à aller visiter sa prison. A sa vue, le
rossignol est sur le point de mourir de joie.
Mais ses malheurs et sa constance vont être
récompensés. La rose consent à l'épouser et
toute la nature prend part à cette fête. Les
fleurs célèbrent à l'envi leur souveraine. Le
cyprès couvre la terre d'un tapis verdoyant,
la tulipe fournit le vin, le narcisse, revenu à de
meilleurs sentiments, présente la coupe, le lis
avec son épée monte la garde à la porte de la
salle. Mais le lendemain des noces la rose perd
ses vives couleurs, ses feuilles tombent sur le sol
l'une après l'autre et elle meurt.

L'homme est le héros de cette épopée allégorique, comme l'âme est pour les commentateurs
catholiques l'héroïne du *Cantique des Cantiques*.
Le poëte le peint dans ses différents âges, avec
ses passions éphémères, ses vains plaisirs, ses ardentes aspirations vers une meilleure patrie. Fasli
semble avoir voulu faire une synthèse des mythes
acceptés par les peuples musulmans afin de leur
donner un sens rationnel. Dans une tentative où

les poëtes mystiques de l'Iran n'ont point d'égaux,
il a su, mieux que la plupart des Ottomans,
donner à son œuvre un caractère original. En
somme, dans toute cette poésie épique d'une
nation que nous avons l'habitude de considérer
comme ayant été constamment l'esclave d'une bru-
tale sensualité domine une foi profonde dans le
suprême arbitre de l'univers, une vive admiration
pour les grands hommes qu'on regarde comme
ayant été, sur cette terre de misères et de luttes,
les augustes représentants de sa puissance et de
ses desseins, enfin une profonde sympathie pour
les âmes qui, sans se laisser dominer par l'orgueil
et les illusions de la vie, s'efforcent de s'élever
vers « ce qui est éternel ». Mais si ces sentiments
enthousiastes font comprendre l'âge héroïque de
l'empire, ils ne sont pas de nature à se maintenir
intacts dans toute la durée d'une nation. Les Arabes,
eux aussi, ne paraissaient-ils pas destinés à gouverner le monde jusqu'au jour mémorable où leurs
ardents et rapides bataillons sont venus se briser à
Poitiers sur l'armée franke de Karl Martel ? Mais la
propagande musulmane peut changer d'instruments
sans pour cela perdre sa puissance. La « décadence
de l'islamisme » est bien loin d'être un fait ac-
compli. Il attaque avec une telle vigueur le féti-

chisme africain, que tous les voyageurs qui ont
visité récemment l'Afrique constatent la facilité
avec laquelle la race nègre accepte un dogme
fort simple, conforme à son incapacité métaphy-
sique, et une morale sociale en rapport avec les
instincts absolutistes des peuples noirs. Même
en Algérie et au Sénégal, il cause de grands soucis aux Français [1]. En Asie, le Brahmanisme, si
fort contre la propagande de toutes les églises
chrétiennes, a dû lui céder des millions d'hommes,
qui ne dissimulent pas l'espérance de voir ce
vaste et riche pays obéir un jour à quelque successeur des Ghaznévides et des Gourides, terreur des Brahmanes [2]. Le Bouddhisme, à son
tour, est fortement entamé, et dans le nord de
la Chine les mandarins ont eu à lutter de nos
jours contre l'humeur belliqueuse que le Koran
inspire à ses disciples [3]. Si, il y a une cinquan-
taine d'années, Balbi et Hassel disaient que le

1. Une très-curieuse étude due à la plume d'un mission-
naire protestant, et publiée dans la *Revue britannique,*
donne une idée exacte des progrès de l'Islam en Afrique.

2. V. Guerraz, *Correspondance d'Orient,* dans la *Revue
britannique,* décembre 1876.

3. V. Bousquet, *De Yeddo à Paris,* dans la *Revue des Deux*
  des.

nombre des Musulmans n'était que 96 à 120 millions, on convient maintenant qu'il est difficile de
le mettre au-dessous de 200 millions. Assurément il est encore bien loin du chiffre énorme
des sectateurs du Bouddhisme (400 millions); mais
il n'est pas aussi éloigné qu'on le croit du nombre
des chrétiens (270 millions). Le caractère remarquable de cette propagande est qu'elle ne se fait
plus comme autrefois par le glaive. Cependant
le jour, où les missionnaires infatigables qui
travaillent pour la foi du Prophète auraient
triomphé dans quelque puissant empire, en Chine,
par exemple, il est à peu près certain que la
force viendrait à leur aide et que le monothéisme
sémitique recommencerait contre l'Europe et le
Christianisme les luttes du moyen âge, et cela
sur un terrain où les mœurs, les tendances, les
idées travaillent en sa faveur.

L'esprit qui a inspiré Fasli, semble subsister
encore dans l'empire ottoman, au siècle même de
Voltaire. *La Beauté et l'Amour* de Galib est, il
est vrai, un poëme allégorique dont l'auteur a
choisi le mysticisme pour Muse. Cependant, que
tout est changé depuis le siècle des Souleïman Ier
et des Sélim Ier! Le temps de Sélim III n'est plus
une de ces époques où les religions trouvent des

cœurs enthousiastes pour défendre contre l'ennemi de la patrie et de la foi nationale ces
croyances chantées par les poëtes. Sous Louis XV,
aussi, Le Franc de Pompignan balbutiait encore
des poésies « sacrées » comme on l'avait fait
dans les siècles catholiques, pendant que la nation n'écoutait plus que les poëtes qui comme
Voltaire tournaient en dérision les idées et les pa-
ladins du moyen âge. Sélim, prince éclairé et
patriote, essaya comme le bienveillant héritier
de l'égoïste Louis XV, de rendre quelque vie à
une vieille monarchie ruinée et dépravée par de
longs siècles de despotisme, endormie par la voix
caressante des poëtes courtisans [1]. Les réformes
de Sélim ne devaient pas plus que les vers de
Galib ranimer des cadavres. Quand Louis XVI
monta sur l'échafaud, quand Sélim fut étranglé
dans sa prison, il devint évident pour tous les
esprits sagaces que l'ère des souverains réformateurs et des poëtes mystiques était passée à
l'Orient comme à l'Occident de l'Europe, et que
l'heure était arrivée de ces redoutables tempêtes

1. Sous Ahmed III (1703-1730), le poëte Vehbi consacrait
déjà un volume entier à chanter la circoncision des quatre
fils du padischah!

qu'on nomme révolutions, remèdes violents et
périlleux, qui peuvent rendre des forces à quelques tempéraments exceptionnellement robustes,
mais qui achèvent de détruire les constitutions
épuisées.

CHAPITRE VI

L'ÉPOPÉE DES ANIMAUX

AINTE-BEUVE a nommé les fa-
bles de La Fontaine[1] la véritable
épopée française. Les Ottomans
ont ausi leur recueil d'apologues
que le baron de Hammer, l'homme
de notre temps qui a le mieux
étudié la poésie ottomane, nomme « l'épopée des
animaux »[2]. L'épopée ottomane des animaux pas
plus que l'épopée gauloise ne peut prétendre à
l'originalité. J'ai déjà signalé l'Arabie et la Perse
parmi les institutrices de l'empire ottoman. Mais

1. Traduit de nos jours par Vefyk-pacha, président de la
Chambre des députés et traducteur de Molière.
2. *Die Thierfabel und das Thierepos.*

par la Perse l'Inde, dont l'influence a été immense sur notre espèce, a dû agir indirectement
sur l'intelligence de ses lettrés. Le *Houmayoum-
nameh* [1] prouve même qu'elle a pu exercer une
action directe. En effet, le véritable auteur ou le
plus ancien rédacteur de ces apologues célèbres
est le brahmane Vichnou-Sarma, et l'original
sanscrit porte le titre de *Panchatantra*. Le Chacal
de l'Orient est bien l'ancêtre de ce Renard qui
joue un si grand rôle, dès le moyen âge, dans les
allégories satiriques de notre Europe. Européens
et Turcs ont cette fois encore puisé à la même
source.

La Perse est la première nation qui connut
l'Ésope de l'Inde. Khosrou Ier (Chosroès), surnommé Nouschirvan, envoya dans la presqu'île
le mage Burzouyeh, qui traduisit le livre en
pehlvi. Abougiáfar Almansor, second khalife

---

[1]. *Livre royal* ou *auguste*, parce qu'il a été composé
pour un prince de l'Inde : « Ce livre, dit d'Herbelot, fut
composé par un philosophe (on l'appelait, en arabe et en
persan, Pilpaï et Bidpaï) pour un roi des Indes qui portait
le nom de Dabschelim. » Comme il semblait fait pour les
ombrageux despotes asiatiques, il devait se répandre dans
toute l'Asie :

> Jamais la vérité n'entre mieux chez les rois
> Que lorsque de la fable elle emprunte la voix.

abasside, en fit faire une version arabe d'après
cette traduction. D'autres furent publiées ensuite,
mais la plus fidèle et la plus élégante étant la
traduction persane dont Housseïn Vaêz fut chargé
par un émir du Khorassan, généralissime du
sultan de ce pays, Ali Vazi, brillant prosateur,
s'en servit pour sa traduction ottomane, moitié
en prose et moitié en vers. Il existe aussi une
version entièrement en vers faite par Gemali
pour le *padischah* (empereur) Bayezid II.

Dans le *Houmayoum-nameh,* la prose forme le
fond de la narration. Mais cette prose ressemble
assez peu à la nôtre, puisqu'il s'agit d'un peuple
qui dit d'un homme frappé par la mort, que « le
parterre de sa vie fut dévasté par l'ouragan
d'automne ». La poésie intervient, comme le
chœur des tragédies grecques, pour exprimer l'o-
pinion dominante, opinion qui n'est pas plus
optimiste que celle de l'immortel fabuliste français. Nous n'entendons plus ici les poëtes mystiques décidés à être comme les amis de Job les
apologistes du « gouvernement de la Providence ».
Un monde qui semble livré à la violence et à la
ruse, une société qui appartient aux fantaisies du
despotisme, quand elle n'est pas habilement ex-
ploitée par la fourberie : tel est le tableau que

5

nous avons sous les yeux. Dans la poésie occidentale l'apologue satirique fait pressentir une
société nouvelle. Dans les peintres de Vulpin (le
Renard), d'Ysengrin (le Loup) et d'autres personnages appartenant à la hiérarchie féodale ou à
l'Église, on devine les aïeux de ceux qui devaient
faire la Réformation et la Révolution de 1789.
Rien de pareil dans le *Houmayoum-nameh*. L'Inde,
éternellement soumise à la caste sacerdotale, la
Turquie, qui devait se laisser ruiner par des des-
cendants dégénérés d'Osman, un imbécile comme
Abdoul-Hamid Ier, un fou comme Abdoul-Azis,
s'entendent pour recommander en dernière analyse un seul remède aux arrêts du Destin, la résignation. Elles diraient volontiers comme Hegel :
« Tout ce qui est réel est rationnel. »

Ainsi dans la fable du lion, du renard et de l'âne,
qui représentent le sultan vaniteux, féroce et
glouton, le vizir, aussi disposé à exploiter le
maître que les sujets, et le peuple, toujours victime de ses convoitises aveugles et de ses niaises
superstitions, les trois personnages expriment en
vers une sorte de philosophie sociale. Le lion
pense que le vulgaire est fort téméraire de
croire qu'il a assez d'intelligence pour comprendre la pensée des rois :

« Le pauvre perdreau n'a pas le gosier du vautour. » L'intérêt de sa sécurité doit en outre lui interdire de pareilles visées :

Celui qui sait ce qu'il peut, s'élève,
Et Allah lui pardonne à cause de ses mérites.
Ne demande pas ceci et cela, incline-toi devant le *firman;*
Qu'importe au pauvre diable le commandement suprême?

Mais le renard ne s'effraye guère de ces pompeuses déclarations ; car il connaît tous les côtés faibles du colosse aux pieds d'argile. Il sait que

Avec un doux langage, de la douceur et de la flatterie,
On peut mener un éléphant par un cheveu.
Comment un lion infirme peut-il rien refuser
A qui dit à « l'âme de l'univers » :
Cent mille vies tremblent pour ta vie,
Et la crainte de te voir tomber fait tressaillir le monde?

Entre les *firmans* du lion et les ruses du renard, l'âne n'a qu'un rôle possible; reconnaître dans les coups qui le frappent la main du Destin, à qui nul être vivant ne résiste :

Sur chacun pèse sa propre souffrance,
Et à ce décret on ne connaît point d'exception.

Le meilleur remède à une loi fatale est évidemment la résignation :

La joie et la douleur viennent d'un arrêt du Destin;
Ouvre et ferme ton cœur, s'il faut le faire.
La part de chacun lui étant assignée d'avance,
Il ne peut ni l'agrandir ni la diminuer par mille soucis.

Le renard, on le voit, joue en Turquie le même rôle que dans le poëme du moyen âge qu'on a appelé une épopée, épopée qui depuis les croisades[1] a eu autant de vogue que le *Houmayoum-nameh*. On sait comment La Fontaine peint le rusé personnage qui fait ses affaires aux dépens de tous. Mais ce type est ici plus complet que dans *Les Animaux malades de la peste* du célèbre fabuliste français. Le renard de ce chef-d'œuvre sacrifie bien le baudet « le pelé, le galeux » aux brutales convoitises du lion et à l'égoïsme cynique de sa cour ; mais le renard ottoman finit par faire tomber dans ses piéges le lion lui-même, quitte à le qualifier de « majesté redoutable », et à s'é- crier avec une hypocrite componction : « Longue soit la vie du *padischah!* »

Ici nous avons affaire à un tyran de l'espèce

1. V. *Histoire littéraire de la France*, T. XXII — A. Rothe, *Les Romans du Renart*. On a dit que Vulpin avait pris le nom de Reinhard ou Reinier, le rusé comte de Hainaut, dont parle M. Zeller, *Histoire d'Allemagne*. — Fondation de l'empire germanique.

de Sélim le Féroce (Yavouz); la fable touchante
du *Roi et du faucon* nous peint avec finesse un
prince naturellement bienveillant, mais assez peu
sagace pour étrangler le fidèle et prudent oiseau
qui s'efforce de lui sauver la vie. Il est impossible de ne pas songer au stupide Abdoul-
Hamid Ier, ordonnant d'assassiner le patriote
prince de Moldavie, Grégoire III Ghika, qui
refusait de livrer la Bukovine à un gouvernement étranger [1]. On semble disposé en Turquie
à partager l'avis d'un fabuliste français, Florian,
qui, à l'époque de la honteuse décadence de la
monarchie absolue, parlait ainsi des rois :

Le plus doux a toujours des griffes à la patte.

Tel est l'avis de Guvahi, un poëte moraliste,
qui recommande de se tenir loin des eaux et des
souverains, ceux-ci étant beaucoup plus redoutables que celles-là ; car on ne doit en attendre
que des fers ou la mort. Guvahi, contemporain
de Sélim Ier, un prince sobre, intrépide, infatigable, un poëte distingué, dont les vizirs
payèrent presque tous de leur tête la passagère

1. *Le Rapt de la Bukovine, d'après des documents diplo-
matiques* (Paris, 1875) ; — *Gli Albanesi in Rumenia*, Gre-
gorio III (Florence 1873).

bienveillance de « l'ombre d'Allah », se faisait peu d'illusions sur le caractère du maître. Malheureusement il existe partout de tristes temps qui rappellent le proverbe français conseillant de « vivre loin des grandes routes, des grandes rivières et des grands seigneurs ».

On pourrait dire que la résignation sans limites qui fait le fond du *Houmayoun-nameh* est une conséquence logique du panthéisme optimiste de l'Inde, comme la politique conservatrice de Hegel dérive de sa philosophie. Mais nous allons voir que dans la pratique le monothéisme musulman, fidèle aux tendances de l'Asie, décourage également tous ceux qui voudraient chercher dans l'activité humaine, dans le progrès de la vraie science, dans l'amélioration des institutions, un adoucissement aux maux de la société.

Si dans les genres dont il a été question jusqu'à présent, il ne faut pas chercher l'originalité de la Muse ottomane, il n'en est pas de même de la poésie lyrique. Le poëte lyrique est, en effet, même dans les pays où les idées étrangères s'imposent le plus aux intelligences, disposé à chercher ses inspirations moins dans la tradition que dans ses impressions personnelles.

Cependant on retrouve dans les nombreux auteurs de *Divans* [1], de même que dans les épopées, beaucoup de penchant à faire une large part aux théories fatalistes.

1 Un recueil de poésies lyriques s'appelle *Divan.* Le *casside* est la forme dont on se sert pour les sujets lyriques ou élégiaques. — Le *ga{el*, qui a au moins dix vers et quatorze au plus, s'emploie pour exprimer des idées érotiques, bachiques, ou des allégories. — Le *terdchii* est un mélange du *casside* et du *ga{el*, mais avec des rimes redoublées. — Le *mokataat*, pour les sujets mixtes, est un mélange du même genre. — Le *glosse* (cinq à six vers) est propre aux sujets légers. — Le *rubijat* (quatrain) convient pour les épigrammes, inscriptions, sentences. — Le *mimaa*, pour l'énigme. — Le *laghs*, pour le logogriphe. — Le *moferredat* pour les compliments, bons mots. — Le *makloub*, pour l'acrostiche. — Le *tarikh* pour le chronogramme (V. Hammer, *Geschichte der osmanischen Dichtkunst*). Ce dernier genre de poésie, fort peu poétique, a conservé toute sa vogue et la chute du dernier *padischah* et de son grand-vizir a été l'occasion de chronogrammes qui montrent que même à Constantinople les dangers du pouvoir absolu commencent à frapper tous les esprits. La *jeune Turquie* (dont le chef Midhat-Pacha a eu pour mère une Albanaise) est née de cette conviction. Elle a dès le principe compté dans ses rangs un poëte et philologue distingué, Zia-Pacha, fils d'un Albanais, qui, après avoir été ministre de l'Instruction publique sous Abdoul-Azis, s'exila momentanément à Paris, où il fonda en 1867 un journal satirique très-violent (*Revue britannique*, juin, 1876.).

CHAPITRE VII

LA POÉSIE RELIGIEUSE

LUS d'un critique appartenant au monde latin s'est étonné en lisant le *Paradis perdu* d'y trouver des discussions sur la prédestination et le libre arbitre. En général ces questions, qui passionnent la race germanique, n'ont pas plus d'attraits pour les Latins que pour les Slaves, et leur poésie n'aborde pas volontiers des sujets aussi peu populaires. Il n'en est pas de même en Orient, où le sentiment religieux [1] se révèle

---

1. Un recueil de poésies mystiques morales ou épiques se nomme *khamsé*.

volontiers par l'étude de pareils problèmes. Des
poëmes comme ceux d'Aaschik et d'Ibn Katib [1]
sont une véritable Somme théologique [2].

L'esprit humain a toujours trouvé une grande
difficulté à concilier l'idée qu'il se faisait de la
divinité avec le libre arbitre. Dans le poly-
théisme gréco-romain, la sombre image de
l'Ἀνάγκη, du *Fatum,* plane sur le trône des dieux
comme sur l'humble demeure des mortels. En
Asie, l'idée de la fatalité est encore plus mena-
çante. Dans le Mazdéisme de la Perse l'homme
semble un jouet entre les deux principes qui se
disputent le monde, comme cette cavale de
Luther dont s'emparent tour à tour l'Éternel et
Satan. Le panthéisme brahmanique ne dissimule
jamais le peu de cas qu'il fait de la liberté
humaine. Le Bouddhisme, qui compte d'innombrables sectateurs, n'est au fond qu'un colossal
athéisme fataliste [3]. On pouvait croire que le
jour où l'Islam s'imposa par le glaive à une
partie de l'Asie, la nouvelle religion rendrait à

1. Ibn Katib ne parle pas seulement de l'histoire de
l'Islam, mais aussi de ses dogmes, de sa morale, etc.

2. *Summa theologica.*

3. E. Burnouf. *Introduction à l'histoire du Bouddhisme
indien.*

l'homme un rôle plus important dans le drame
de la création. Mais cette attente ne devait point
se réaliser. Le monothéisme mahométan se montra uniquement préoccupé des droits de l'Émir
suprême, qui nous est représenté comme un
padischah redoutable siégeant au plus haut des
cieux. D'après les traditions que les Musulmans
nomment « authentiques », il est assis sur un
trône soutenu par 800 000 colonnes d'une matière et d'un prix inconnus ; l'on y monte par
300 000 degrés, et pour franchir l'intervalle qui
sépare chaque degré, intervalle occupé par des
escadrons d'anges, il faut faire un voyage qui
dure 300 000 ans. Du haut de ce trône inabor-
dable, Allah, dont Aaschik expose dans son grand
poëme l'essence et les attributs[1], regarde les adorateurs qui l'implorent le front dans la poussière,
avec l'œil du maître qui compte ses esclaves ou,
pour mieux dire, les simples instruments de son
irrésistible volonté. Le déisme des disciples de
Mohammed ne tient pas en réalité plus de compte
du libre arbitre des créatures intelligentes que
les systèmes théologiques qui l'ont précédé.

1. Ce poëte mystique si vénéré des Ottomans (xive siècle) a dans une œuvre de 24,000 vers chanté Dieu, l'amour
divin, l'âme immortelle, etc.

Les poëtes musulmans, arabes, persans et
turcs sont portés à nous considérer comme les
« marionnettes de la Providence », pour parler
comme Voltaire. On croirait entendre Calvin
lorsque l'auteur de *Yousouf et de Zouleïkha*,
Abdalrahman, fidèle à l'enseignement du Prophète [1], affirme que les hommes sont positivement prédestinés à la gloire ou au châtiment par
un décret d'Allah; car il dit qu'il fait l'un
obéissant et agréable (*murid*) et l'autre rebelle et
réprouvé (*merid*). A plus forte raison, les événements de ce bas-monde sont-ils le pur effet de
cette volonté : « Quand la toute-puissance
d'Allah, dit le poëte Nui, a décoché la flèche de
son décret, il n'y a point d'autre bouclier qui la
puisse parer, que la conformité à sa volonté.
Combien cette flèche a-t-elle percé et renversé
de héros ! Il n'y a point eu de sage sur la terre,
à qui elle n'ait fait jeter par terre les armes de
la prudence. » Tout le monde musulman raisonne
ainsi.

Une conséquence naturelle de toutes ces
théories est l'impuissance absolue de l'éduca-

---

1. « Celui que Dieu met dans le mauvais chemin n'a plus
de guide qui le puisse redresser. »

tion. L'homme étant prédestiné au bien comme
au mal, il naît avec des penchants en rapport
avec son immuable destinée. Hadji Khalfa, le
savant ottoman, dont l'ouvrage est un véritable
trésor pour ceux qui veulent étudier sérieuse-
ment l'empire des sultans [1], rapporte plusieurs
traditions très-significatives que les Mahométans
font remonter jusqu'au Prophète lui-même :
« Quand vous aurez entendu dire qu'une montagne s'est transportée d'un lieu à un autre,
vous pouvez le croire. Mais quand l'on vous
dira qu'un homme a changé de nature et d'inclinations, n'en croyez rien ; car il y retournera
toujours [2]. Lucifer était un ange, et pourtant il
s'est révolté contre Allah. »

Les Musulmans ne se dissimulent pas la gra-
vité de ces doctrines. En effet, une tradition

1. Le volumineux ouvrage du savant Hadji Khalfa,
Découverte des pensées et des livres (*Kech eldhonoun fy
asmâ koutoub*) que Fluegel a traduit en latin, travail digne
de l'infatigable Allemagne (Leipzig, 1835-58), est le meilleur
guide qu'on puisse consulter sur les écrivains de la nation.
— Dans son *Résumé encyclopédique des sciences de l'Orient*
(en allemand), le baron de Hammer, à l'exemple de d'Herbelot, l'auteur de la *Bibliothèque orientale*, a pris pour base
le livre du docte ottoman.

2. Le singe est toujours singe, *simius semper simius*,
disaient les Romains.

rapporte que Mohammed, parlant du chapitre
du Koran sur la prédestination, disait lui-même :
« Le chapitre de *Hûd* m'a fait venir les cheveux
gris avant le temps. » Cette doctrine peut, il est
vrai, sembler absolue à plus d'une âme préoccupée de laisser intacte la bonté divine, mais le
caractère éminemment dramatique de la croyance
générale[1] ne doit-il pas plaire aux poëtes autant
que l'Ἀνάγκη à la poésie hellénique ? L'imagination renonce si difficilement à cette idée que chez
les poëtes populaires de la Grèce moderne les
Mires (Μοῖραι) planent encore au sommet de
l'Olympe pour régler les destins des mortels[2].
C'est ainsi que Moustapha, un des dix-neuf
frères de Mohammed III, que ce *padischah* fit
mettre à mort, en montant sur le trône, confor-
mément à la politique atroce de son pays à cette
époque, se demandait avec anxiété dans ses vers
ce que le Destin avait écrit sur son front.

Le goût des poëtes mystiques et des imaginations ardentes comme celles d'un Pascal[3] pour

1. Les excellentes études de Patin sur le théâtre grec
montrent quel parti les tragiques ont tiré de ce dogme.
2. Je crois l'avoir prouvé dans la *Nationalité hellénique
d'après les chants populaires.* (*Revue des Deux Mondes.*)
3. Voy. ses *Pensées,* édition Cousin. — Les anciennes

les théories peu favorables au libre arbitre n'est pas, autant que le croit le vulgaire, particulier aux écrivains musulmans. Dans le Christianisme même on a vu la poésie et la prédestination absolue se donner volontiers la main, depuis le jour où S. Prosper écrivit le poëme *De Ingratis* [1], jusqu'au temps où le pieux Louis Racine en publia une imitation [2]. Les doctrines qui diminuent plus ou moins la part du libre arbitre [3] n'ont nullement, comme on le croit, perdu du terrain dans les temps modernes. Les protestants, qui se disaient, ainsi que Prosper, disciples de saint Augustin, imposèrent la prédestination absolue à une partie du monde germanique. On sait qu'un de leurs adversaires les accusait d'emprunter aux Turcs leur système fataliste. Les Jansénistes français et belges eurent aussi beaucoup de disciples [4]. Encouragé par les hardiesses théologiques,

éditions avaient été soigneusement mutilées. — Dans les *Provinciales* même il défend le fatalisme contre les Jésuites partisans du libre arbitre avec Molina.

1. Voy. J. J. Ampère, *Histoire littéraire de la France avant le XIIe siècle.*

2. Le poëme de *la Grâce.*

3. « Le serf-arbitre », disait bravement Luther.

4. Voy. Sainte-Beuve, *Port-Royal.*—L'analyse du célèbre ouvrage de Jansénius l'*Augustinus* montre de curieux rap-

le fatalisme entre à pleines voiles dans le domaine
de la philosophie. Il triomphe avec le panthéisme
du juif Spinosa, avec l'harmonie préétablie de
l'allemand Leibniz, avec le matérialisme de l'anglais Hobbes [1]. L'histoire ne reste pas en arrière.
Herder est fataliste comme le plus célèbre historien de la révolution française. Les poëtes suivent le torrent avec une sorte d'enthousiasme.
Parmi les grands lyriques français de notre temps,
l'un ne sait s'il doit appeler « *destin*, nature ou
providence » la loi qui préside aux destinées du
monde; l'autre écrit Ἀνάγκη en tête d'un de ses
romans les plus populaires. La poésie musulmane
aurait donc le droit de dire, comme le Dr Strauss,
qu'elle « n'est pas un flot isolé », mais qu'elle
est une simple manifestation de la tendance qui
porte à considérer l'homme comme un pur néant
et à l'anéantir en Dieu.

Cette tendance en exaltant l'omnipotence divine par tous les moyens ne songe pas la plupart
du temps aux conséquences qu'on peut tirer de
certains principes. En réduisant tout à un arbi-
traire divin, n'est-il pas à craindre qu'on fasse

ports entre la prédestination musulmane et les doctrines
jansénistes.

1. Voy. Jouffroy, *Cours de droit naturel*.

douter de l'utilité des bonnes œuvres, dont aucune religion ne saurait se passer? Ne peut-on
pas ainsi arriver aux mêmes résultats que ce
fatalisme qui prend son point de départ dans des
théories fort étrangères à toute conception religieuse? Les mystiques musulmans ont prouvé
plus d'une fois que ce péril est bien loin d'être
imaginaire. L'histoire du soufisme [1] l'atteste suf-
fisamment [2].

Le *soufisme* peut être considéré comme une
réaction des tendances âryennes contre l'esprit
sémitique. Personne n'ignore que l'Hellénisme
réagit puissamment contre cet esprit dès l'origine
du Christianisme. La Perse n'a de même accepté
l'Islam qu'à condition de lui imprimer le génie

1. Dr Tholuck, *Sufismus* (*Œuvres*, Gotha, 1863-1867).
2. *Soufi* signifie en persan un homme spirituel, détaché
du monde. Le soufisme remonte au premier temps de l'islamisme, au 11e siècle de l'hégire, et il a eu pour fondateur
Saïd Aboul Chaïr. Cette doctrine a été dans ce siècle
l'objet de travaux approfondis. En Autriche, Hammer s'en
est fort occupé dans son *Histoire des belles-lettres persanes*
et il a publié le poëme mystique intitulé : *Gulschen i Ras.* En
France, S. de Sacy a fait paraître une édition du *Pend Nameh*
de Farid-ed-Dîn-Attâr, et M. Garcin de Tassy a traduit les
Fleurs et fruits, écrit dans lequel un des plus célèbres soufis,
Azzeddin, né à Jérusalem au XIIe siècle, a exposé le système
d'une secte dont l'influence a été immense.

d'une autre race. Elle a fait tant de chemin dans
cette voie que le soufisme a fini par ressembler
beaucoup plus au panthéisme de l'Inde et au
panthéisme le plus audacieux, qu'au prudent
monothéisme prêché par le prophète de la Mecque.
En effet, le soufi, en approfondissant comme le
Brahmane l'idée de l'Infini, arrive, quand il a
l'esprit hardi, à la déclarer inconciliable avec
l'existence de toute véritable individualité. Les
êtres n'étant que de pures apparences, le mal ne
se distingue plus du bien que d'une façon rela-
tive ; il n'est qu'un degré inférieur du développement du bien. Ce qui est vrai dans l'ordre
moral, l'est dans l'ordre religieux. Il n'y a pas
plus de religions fausses que d'actions essentiellement mauvaises. Ce qu'on nomme erreur ou
péché n'est qu'une étape dans la route que nous
devons suivre pour arriver à celui qui seul possède l'Être, et dont nous ne sommes que de passagères manifestations, gouttes d'eau qu'un souffle
de vent soulève de la masse des eaux et qui vont
se perdre bientôt dans le sein immense de l'Océan.

On s'aperçoit que ces doctrines, favorisées par
la liberté laissée aux sectes [1], ont pénétré chez

---

1. Malgré leur prétention à l'orthodoxie, les Sunnites sont

les Ottomans dès l'origine de l'empire. A mesure
que les Turcs, établis loin de leur berceau, per-
daient le type primitif de leur race, et que les éléments âryens se mêlaient dans leurs veines au sang
touranien, leur intelligence ne pouvait rester fermée à des idées qui étaient fort étrangères aux sauvages nomades dont ils sont sortis. Mais de même
qu'en France le génie de la vieille Gaule a été plus
d'une fois en lutte avec l'esprit bien différent
apporté dans le pays de la théocratie druidique
par les invasions germaniques [1], ainsi en Turquie
l'antique tradition nationale, plus conforme au
génie des aïeux, résistait bien mieux que dans les
États du « roi des rois » aux audacieuses innova-
tions propagées par la poésie des Persans et par
ses imitateurs.

Un des poëtes les plus estimés du temps de
Mourad II, le Turcoman Amadeddin, appelé aussi
Nésimi, du lieu de sa naissance, village près de
Bagdad, professait les doctrines panthéistes du

---

fort divisés sur l'interprétation des enseignements du Prophète. L'empire ottoman ne reconnaît pourtant comme
orthodoxes que quatre de ces systèmes d'interprétation :
l'hannifite, le malékite, le chaféïte et le hanbalite.

1. Voy. l'ouvrage de l'allemand Gervinus, *Histoire du*
xixe *siècle,* Introduction.

scheikh Schoublî, qui enseignait, plusieurs siècles
auparavant, que l'âme absorbée en Dieu se mêlait
à la substance divine comme l'eau de pluie à
l'eau de mer [1]. Livré aux légistes il fut pendu.
Son frère, Schah-Khounvan, lui avait conseillé
de ne pas dévoiler le secret du soufisme. Il lui
avait répondu par ces vers : « L'Océan se soulève et se couvre d'écume. — Le temps, le temps
s'avance, l'espace flotte, — Mon secret est déjà
répandu. — Comment cacher ce qui depuis longtemps est connu de tous? — Dieu est au milieu
du centre de la terre, — Le tambour bat, c'est
moi qui suis Dieu! »

Kemal Oummi fut aussi pendu pour avoir
oublié que les philosophes grecs eux-mêmes
avaient une doctrine ésotérique et un enseignement exotérique. Temenayi, qui sous Bayezid II
commit la même imprudence, n'échappa point à
la vengeance du parti orthodoxe. Ce poëte, pensant
que chaque âme est une partie de l'être divin,
avait été amené par la logique du système à
soutenir la transmigration des âmes.

Si les Ottomans cédèrent moins que la Perse
à la propagande du panthéisme de l'Inde, ils

---

1. Latifi, trad. Chabert, *biographie des poëtes ottomans.*

montrèrent d'autant moins de répugnance pour
certaines institutions protégées par le mysticisme
hindou qu'ils voyaient les Chrétiens, dont l'influence a été sur leurs idées plus grande qu'on
ne le suppose, montrer beaucoup de zèle pour
ces institutions.

Les grandes religions âryennes antérieures au
mahométisme ont vu la vie monastique prospérer
dans leur sein. Le Brahmanisme favorisa au plus
haut degré un ardent ascétisme et le Bouddhisme
fit du monachisme la base même de son système[1].
Quoique Mohammed ne se soit nullement montré favorable aux moines, pas plus que Moïse,
qui avant lui avait prêché l'unité de Dieu aux
Sémites [2], l'Islam ne put pas échapper au penchant que les peuples asiatiques ont pour les institutions monastiques et le culte des saints personnages [3]. On sait que le père du monachisme
chrétien, l'Égyptien Antoine, fut décidé à embras-

---

1. Voy. Mary Summer, *Les religieuses bouddhistes.* —
Eugène Burnouf, *Introduction à l'histoire du Bouddhisme
indien.*
2. Voy. Munk, *La Palestine.*
3. Les Zedis, restés fidèles à l'esprit de l'islamisme primitif, n'admettent pas plus le monachisme que l'invocation
des saints, tandis que les Chiites l'exagèrent bien plus que
les Sunnites.

ser la vie cénobitique par les éloges que l'Évangile accorde à la pauvreté. Le monachisme envahit
l'Islam de la même façon, et le mot *dervisch*
(derviche), dont les Turcs se servent pour désigner
un religieux, signifie littéralement « un pauvre ».

Un poëte turc parle de la pauvreté comme
aurait pu le faire quelque disciple de François
d'Assise :

« Souffre patiemment ta pauvreté, ô mon âme,
si tu prétends obtenir d'Allah une récompense
sans fin.

« Demeure incessamment à la porte du bon
plaisir d'Allah, et tu verras qu'à la fin on t'ou-
vrira celle de ses plus riches trésors.

« Pourquoi déplores-tu et méprises-tu si fort
ta condition, laquelle est, si tu sais le connaître,
plus élevée que le ciel même ?

« Puisque la Providence t'a destiné de toute
éternité le bien dont tu dois jouir en ce monde,
et l'a tellement fixé que tu n'y peux rien ajouter,

« Quitte tous les soins inutiles et indignes que
tu prends pour en acquérir. »

Cette doctrine s'appuie sur une tradition
affirmant que Mohammed mourant dit à son esclave Belal : « Faites de telle manière que vous
arriviez pauvre, et non riche, auprès de Dieu ;

car les pauvres tiennent les premières places dans
sa maison. »

Si certains côtés de la vie monastique plaisent
même à quelques rationalistes qui se déclarent
comme M. Renan épris de « l'idéal », il est facile
de supposer que le monachisme ottoman n'a pas
été privé de poëtes. Deux *dervischs,* Osman et
Hassan, comptent parmi les meilleurs poëtes mystiques de l'empire des Bayezid II et des Mourad III[1]. Osman[2], un contemporain de Fénelon
et de Malebranche, parle dans ses vers de « la
prière du matin » avec la conviction d'un véritable ascète. Le sentiment que nous nommons
« amour divin » est loin d'être étranger aux mystiques musulmans, qui dans leurs prières ou méditations pieuses, nomment Allah, « l'Ami », le
« Bien-Aimé », le « Tout-Bon ». Ils empruntent
aussi à l'amour terrestre les expressions qui leur
semblent les plus propres à faire comprendre
l'intimité qui doit exister entre l'âme et son auteur. Hassan, un *dervisch kalveti* (solitaire) qui
vivait au siècle de Voltaire, a composé des *gazels*

1. Ces deux sultans ont composé des poésies mystiques—
Voy. mon *Histoire des poëtes turcs* (*Rivista europea,*
février-mars 1877).

2. Mort en 1684.

mystiques à l'usage de ses confrères, qui attestent assez combien il avait su se préserver d'un
scepticisme auquel le clergé catholique de cette
époque faisait tant de concessions. Les vers qu'il
dirigea contre Charles XII réfugié en Turquie
montrent assez, du reste, qu'il était resté fidèle
aux vieilles haines des moines ottomans, haines
qui ont sans doute tant contribué aux succès de
l'empire contre les Chrétiens, le patriotisme des
Asiatiques ayant plutôt pour point de départ
une idée religieuse qu'une conception philosophique [1].

Dans la crainte que les tendances mystiques,
idéalisées par la poésie ne fussent pas suffisantes
pour préserver de toute attaque une institution
aussi contraire à l'esprit de l'islamisme, on a cru
utile de donner au monachisme le prestige de
l'antiquité. Les Musulmans, qui s'accordent en
cela avec les Chrétiens d'Orient, le font remonter jusqu'à l'origine des temps. Les « enfants de
Dieu », c'est-à-dire la postérité de Seth, troisième
fils d'Adam, qui vivait sur « la sainte montagne »,
auraient donné l'exemple de la vie cénobitique,

---

1. Voy. pour les autres poëtes mystiques mon *Histoire
des poëtes ottomans.*

et, après le déluge, un fils ou petit-fils de Sem, Melchisédech, « qui n'a point de généalogie », aurait été le premier ermite. Une pareille antiquité est bien de nature à faire oublier la vive répugnance que le monachisme inspirait à l'Islam primitif. Une apparence de pénitence et de misère volontaire achève de compléter l'impression produite par cette généalogie fantastique. Quoique les *dervischs* se distinguent les uns des autres par la couleur et la forme du vêtement, ils doivent porter une robe déchirée, le *khirkhah* arabe, l'habit des anciens prophètes, le pauvre costume de Moïse demandant au Pharaon la liberté de son peuple, d'où le proverbe turc [1] : « On ne connaît pas le *dervisch* par le *khirkhah* [2]. »

Quelques-uns ajoutent à ce costume un chaperon ou capuchon, ce qui fait dire à un poëte turc fort dévot, Monteki : « Nous autres *dervischs* qui avons la tête couverte d'un chaperon, nous ne nous soucions pas que *l'houmaï* [3] vole au-dessus

---

1. Il existe plusieurs collections de proverbes turcs. Dans celle qui a été publiée par les Mékhitaristes de Venise le texte est accompagné d'une traduction anglaise.

2. *Dervilisch khirkhaden bellu deghil.*

3. L'oiseau mythique qui plane sur ceux qui sont destinés à un sort heureux.

de nous pour nous faire de l'ombre. » Mais on
voit par ce même Monteki qu'on peut renoncer
aux félicités du monde et attendre pourtant bien
des avantages de la vie religieuse; car il affirme
que cette vie « est un rempart assuré contre toutes les calamités publiques et contre toutes les
afflictions particulières. [1] »

Une histoire racontée par Lamii, aussi célèbre
dans l'empire ottoman comme poëte que comme
prosateur [2], montre avec quelle estime on parle
des livrées de la vie religieuse.

Un *dervisch*, qui avait perdu un œil, et qui ne
quittait point une grotte, où, à cause de sa nu-
dité, il souffrait beaucoup du froid, s'adressa à
Allah : « O créateur des hommes, je n'ai point
honte d'être borgne, et je ne me plains point de
de ce qu'il vous a plu de me faire tel; mais je
souffre beaucoup du froid, et j'ai absolument besoin d'un habit. Je sais bien qu'il ne m'appartient
pas de vous faire cette demande, mais enfin, où

1. On se rappelle les vers du poëte français :

> Dieu prodigue ses biens
> A ceux qui font vœu d'être siens.

Mais le poëte ottoman n'a aucune intention ironique.

2. Voy. sa biographie dans mon *Histoire des poëtes ottomans*.

est votre libéralité, et qu'est devenue cette profu-
sion de grâces que vous répandez sur tous les
hommes, si vous m'abandonnez ainsi ? » Un de
ses camarades, qui était caché, lui répondit : « Si
tu as froid, que ne vas-tu te chauffer au soleil ? »
Le *dervisch,* croyant entendre une voix céleste, répondit : « Seigneur, n'avez-vous pas un autre
habit à me donner que le soleil ? » La voix reprit :
« Borgne insolent, attends huit jours et tu auras
un habit qui ne te coûtera rien. » En effet, un
vieillard lui apporta une *kirkhah,* si usée, si
vieille, qu'il s'écria : « Seigneur, qui gouvernez
le monde, est-ce là toute la besogne que vous
avez pu faire en huit jours? Évidemment vous
n'avez pas voulu la laisser sortir de vos mains
tant qu'il restait un lambeau entier ! »

La grotte est selon Lamii, l'image du monde ;
l'habitant de cette grotte est l'homme, ou plutôt
son âme, enfermée dans le corps, nue et plaintive ;
mais la robe de *dervisch,* qu'on lui présente,
quoique déchirée et usée, est plus précieuse que
les plus riches tissus d'or et de soie, car elle est
le vêtement de l'humilité et de la piété.

Si une fraction considérable est disposée comme
le charmant poëte persan Hafiz à voir dans les
dervischs des « hommes libres et exempts de

besoins, qui méprisent les richesses du monde »,
au point de « recouvrir de terre les trésors qu'un
heureux hasard découvre à leurs yeux », si beaucoup leur savent gré de leur hardiesse à rappeler
aux puissants la fragilité de leur grandeur [1], il
s'est formé un autre courant d'opinion qui leur
est moins favorable.

Les extravagances des *dervischs* tourneurs et
hurleurs [2] ont plus d'une fois choqué de pieux
personnages musulmans. Ainsi un des grands
vizirs de la célèbre famille albanaise des Kœprili [3],
Ahmed, abolit l'ordre des hurleurs ; mais ils
reparurent après sa mort plus populaires que
jamais. De l'Inde partent perpétuellement des
ascètes vagabonds, partout fort bien accueillis,
apportant « en échange du pain et du sel la prière
et la parole de Dieu » et propageant jusqu'aux
frontières européennes de l'empire des tendances
bien différentes de celles des premiers disciples
de l'Islam, dont la mémoire n'est pourtant pas

1. Voy. dans Rousseau, *Le Parnasse oriental,* l'entretien
d'un *dervisch* et d'Ibrahim Edhem.

2. Cantimir, *Amurat Ier*, Notes, compte quatre espèces
principales de *dervischs ;* il décrit fort exactement les étranges
danses circulaires et les fureurs épileptiques.

3. Voy. dans mon *Histoire des poëtes ottomans* le chapitre
intitulé : Le xviie siècle et le « règne » des Kœprili.

assez effacée pour que quelques protestations ne
s'élèvent point de temps en temps contre ces
influences étrangères. Le grand vizir Moustapha
Kœprili se montra fort irrité de ce qu'un de ces
Hindous osât, au nom de son souverain, propo-
ser à Souleïman II les moyens d'arrêter la décadence de l'empire et il lui dit avec la décision qui
caractérise tout véritable Albanais : « La plus
grande faveur que le *padischah* de l'Inde (le Grand
Mogol) pourrait faire à la Sublime Porte est
d'empêcher que les religieux mendiants de ses
États ne viennent dans le pays soumis à Sa
Hautesse [1] . »

Le satirique Néfii s'est fait l'interprète de
l'antipathie qu'inspirent ces religieux à un certain
nombre d'Ottomans. Cet « esprit sorti de l'enfer »,
comme l'appela le tribunal des *oulémas* en le con-
damnant à mort, peint dans ses *Flèches du destin*
les *dervischs* avec la physionomie qu'un poëte
français, Molière, a donnée aux hypocrites de son
temps. Leurs tirades pleines de fiel contre le liber-
tinage, leur passion cachée pour les plaisirs dont
ils parlent avec tant d'horreur, leur ardeur à
rechercher les louanges d'un monde qu'ils affec-

1. Cantimir, *Achmet II,* Notes.

tent de mépriser, leur présomption qui n'a
d'égale que leur ignorance, toute cette comédie,
aussi ancienne que le monde, est décrite par
Néfii avec une verve que nous ne sommes guère
disposés à reconnaître chez « ces lourds Ottomans ». Les *calenders*, autre espèce de moines,
dont la règle est très-austère, ne lui inspirent
pas plus d'admiration. Quelques vers du prince
Korkoud, frère de Bayezid II, rappellent le mot
spirituel de Socrate au cynique Antisthènes, dont
il voyait l'orgueil à travers les trous de son man-
teau. Le prince déclare que puisque la fortune
lui a été contraire, il saura bien se faire respec-
ter comme s'il était puissant. Il ceindra le cordon
de feuilles et, tête nue, il ira se montrer aux peuples en costume de *dervisch*.

La manière dont plusieurs poëtes mystiques
parlent du monde [1] est faite assurément pour
multiplier les partisans de la vie religieuse. Nous
ne sommes pas ici sur le terrain du panthéisme,
où les manifestations visibles de l'Infini sont aussi
sacrées que ses manifestations spirituelles. En
présence d'Allah, en qui seul existent la vie, la
puissance et l'indépendance, le monde est comme

---

1. *Dunia.*

une vaine ombre, comme la tente fragile que plie
et emporte le nomade du désert [1]. Un religieux
musulman, à qui on disait : « Quelle est la plus
petite chose que Dieu ait créée? » répondit : « Le
monde, qui devant Dieu, selon le Koran, ne
pèse pas plus que l'aile d'un moucheron, et celui
qui le recherche, qui en fait quelque cas, est plus
petit, plus léger que lui. » Un mystique, l'Arabe
Thaouri, complétait cette réponse par un de ces
traits satiriques dont on n'est pas avare dans cette
école : « Si vous voulez savoir ce qu'est le monde,
regardez seulement à quelles mains il est livré. »
L'effrayante brièveté de la vie est une considéra-
tion qui naturellement n'est pas oubliée : « Que
sert-il, dit un poëte turc, de rechercher avec tant
d'activité les biens de ce monde et de quelle utilité est ce grand amas de richesses à un homme
dont la vie est si courte ? » Fouzouli, un des
meilleurs poëtes de l'âge d'or [2], voit très nette-
ment que le détachement, pour être logique, ne
doit pas reculer devant le *nirvâna* bouddhiste.

---

1. Ce qu'on dit de notre planète s'applique aussi à ce
qu'elle contient, les richesses, les honneurs, les sociétés humaines, etc.

2. Voy. dans mon *Histoire des poëtes ottomans* le chapitre intitulé : L'âge d'or de la poésie ottomane.

« Tout ce qui subsiste dans ce monde, dit-il, ne fait que du bruit et ne cause que du trouble. Fuyez et faites votre retraite dans le *royaume du néant,* et vous y trouverez le repos. » Essayer de fonder quelque chose sur le sable mouvant du monde, est, selon Fouzouli, la plus incompréhensible des illusions : « Si tu veux connaître, dit-il, quelle est la révolution des choses du monde, regarde ce que sont devenus l'orgueil et la magnificence d'Ad. Ce roi insensé s'arrogeait les honneurs divins, et avait planté un jardin délicieux qu'il faisait passer dans l'esprit des ignorants pour le paradis. Qu'est-il resté de toutes les conquêtes d'Alexandre, sinon le sujet d'une histoire qui nous a conservé seulement la mémoire de ses actions et qui les a confondues avec les exploits fabuleux [1] de Schedid [2] et de Schedad ? Si tu veux savoir ce qu'est devenu le trône admirable de Salomon, demande-le aux vents et aux tempêtes. Ne te fie jamais à cet infidèle [3] et n'espère point de miséricorde de ce cruel:

---

1. De même Juvénal nous montre les hauts faits d'Annibal devenus un sujet de déclamation pour les écoles.

2. Schedid et Schedad, fils d'Ad, arrière-petit-fils de Noé.

3. Le monde.

il ne l'a jamais faite à personne, et aucun n'a
jamais pu demeurer en sûreté dans sa maison,
puisqu'elle menace ruine de toutes parts. »

L'exemple du trône de Salomon, donné comme
une preuve du néant de toute chose, a ici beaucoup plus de force pour un musulman que pour
un chrétien ; car d'après la légende ce trône
n'était inférieur qu'au trône d'Allah. En effet, il
y avait à la droite de Salomon 12,000 siéges
d'or pour les patriarches et pour les prophètes,
et à la gauche douze mille autres d'argent pour
les sages et les docteurs qui assistaient aux jugements du fils de David. Les oiseaux, soumis à
son empire comme les esprits et les vents, voltigeaient incessamment au-dessus du trône pour
l'ombrager de leurs ailes innombrables.

Monteki fortifie ces pensées dans son *Divan*,
en montrant que l'homme n'étant lui-même que
néant ne doit pas songer à aimer ce qui passe
aussi promptement que sa propre existence :
« Un homme d'esprit peut-il s'attacher au monde
et peut-il être assez ignorant pour employer si
inutilement tout le temps de sa vie ? Supposons
que vous possédiez tout ce que le monde a de
plus grand, tout cela ne s'évanouira-t-il pas
un jour et ce jour fatal ne vous dit-il pas

incessamment : la cendre et la poussière est
votre seul fond, et votre dernière demeure?
La tasse ou le creux des yeux du Fagfour[1], qui
est le roi de la Chine, n'est-elle pas maintenant remplie de terre? Le miroir admirable
qu'Alexandre avait planté sur le phare d'Alexandrie n'a-t-il pas été enfin brisé? Ke-Kaous,
ce puissant roi de Perse[2] n'a-t-il pas échangé
son trône contre un cercueil? et les superbes
palais des Khosrous[3] et des Césars ne sont-ils
pas ensevelis sous leurs ruines?

Un membre de l'illustre famille Kœprili,
Esaad, disait combien toutes ces grandeurs sont
éphémères quand il renonçait à l'activité politique :

« J'ai détaché mon espérance de toute chose
terrestre. — Aucun homme ne peut maintenant
me suivre ou m'être utile. — Comment les vi-
cissitudes du sort troubleraient-elles mon âme?
— Ses champs sont purifiés de la poussière des
passions ; — je me suis tourné vers Allah dont

---

1. Titre que les Persans prétendent avoir été donné par
Feridoun à son fils Tour lorsqu'il le chargea de gouverner
le Turkestan et la Chine.
2. Deuxième roi de la dynastie des Kaianides.
3. Khosroës.

la puissance ne connaît pas de bornes; — que
pourrai-je demander dès lors à celui qui tient
dans sa main la terre et la mer? —Je suis la voie
d'Allah et je cherche un guide, — que m'importe maintenant le Khosroès [1] de la terre? —
Allah distingue toujours l'homme vertueux : —
quand je conserverais un emploi éphémère que
m'en reviendrait-il? »

Leopardi croyait que le Christianisme avait
appris au monde ancien, épris de la vie, le dédain
universel, et que depuis cette époque nul esprit
réfléchi ne pouvait parvenir à prendre l'existence
au sérieux. S'il avait mieux connu l'Asie, il aurait pu constater que de pareils sentiments se
sont manifestés bien avant la formation de la société chrétienne. Les religions qui n'appartiennent pas à la période spontanée, le Bouddhisme,
par exemple, ne sont pas étrangères à l'amer
désenchantement que l'énergique poëte de Reca-
nati exprime avec une admirable vigueur. Le
despotisme qui pesait si lourdement à l'âme de
l'Italien ne fait pas sans doute sentir son poids
à un fils de la servile Asie. Cependant on peut
remarquer que les invectives contre le monde

---

1. Ce roi de Perse est un type des monarques puissants,

s'échappent plus volontiers du cœur des poëtes
quand ils s'aperçoivent que tout est le jouet de la
volonté, ordinairement aveugle, qui peut à son
gré tout briser et tout souiller. C'est alors que la
sœur de Mahmoud II, Hébetulla, s'indigne contre
ce monde implacable, où le dévouement ne veut
jamais servir de compagnon à l'infortune. Délibourader lui-même, un de ces poëtes licencieux
dont les inspirations ne se retrouvent que trop
souvent dans la poésie du peuple, Délibourader,
qui semblait vivre uniquement pour la musique,
le café, l'opium et toutes les fantaisies de l'é-
goïsme le plus grossier, sait quand il apprend la
mort du prince Korkoud, maudire ce monde,
bourreau qui demande constamment des victimes,
dont l'atroce plaisir semble être de tremper ses
mains dans le sang des plus nobles et des plus
purs. Il est vrai que nous sommes au temps de
Sélim le Féroce. Mais sous le règne de Souleïman Ier, Baki, le poëte lyrique le plus célèbre des
Ottomans, Baki comblé de gloire, chanté par le
sultan lui-même, Baki recommande de se garder
de ce monde, de ne jamais oublier que tout est
une pure illusion. Ce voluptueux franchit en courant l'arche jetée d'une vie à l'autre (le monde
est, dit-il avec Délibourader, un pont entre les

deux existences), et il compare brutalement
la vie à la marche d'une caravane, emportée
sur le dos d'un énorme chameau, qui écrase
sous ses pieds tous ceux qu'il laisse en route. Ali
Vazi ne voit dans le monde, — la mer, aux
flots trompeurs de Misri, — qu'un piége, qu'il
faut brûler, et dont on doit jeter la cendre au
brasier. Les Arabes sont plus durs encore; car
un de leurs proverbes dit : « Le monde est une
charogne, et ceux qui l'aiment sont des chiens. »

Les théories de Misri sur le monde semblent
parfaitement convenir à un poëte que quelques-
uns de ses coreligionnaires accusaient de pencher
vers le Christianisme et qui était ainsi menacé du
sort tragique d'un savant Ottoman, Cabizi-Ajmé,
décapité sous Souleïman Ier (1527) pour avoir soutenu la supériorité de l'Évangile sur le Koran[1],
sort qu'un *ouléma*, Ibrahim effendi, évita en
allant prendre à Venise l'habit de dominicain
(1697). Misri rappelle sous Ahmed II ces prophètes d'Israël accusant au nom de l'Éternel les
rois et les chefs de vices capables d'attirer la
colère de Dieu sur son peuple[2]. Arrivé à Andri-

---

1. Cantimir, *Hist. de l'empire ottoman*, Soliman Ier.

2. « Ce que j'ai dit ne doit pas m'être attribué, mais à
l'inspiration divine qui a formé mes paroles dans ma bou-

nople à la tête d'une armée de volontaires enthousiastes, ce *scheikh* de Brousse reproche aux grands
de l'empire d'avoir les mœurs et la foi des
giaours : « Nous serons vainqueurs des infidèles,
disait-il, quand nous aurons une foi vive en
Allah ; il faut des mains et des cœurs purs ; il
faut gouverner les peuples avec justice. » Quand
Ahmed II eut réussi par ruse à le renvoyer à
Brousse, un orage épouvantable, suivi d'un terrible incendie dans le camp, fut regardé par le
peuple et même par le *padischah* comme un châtiment du Ciel, et Ahmed repentant écrivit au
scheikh la lettre la plus humble pour l'engager à
revenir; mais ses prières furent inutiles. « Il
n'est pas possible, dit Misri, que je retourne à
Andrinople ; l'esprit qui m'avait excité à y aller
ne me permet pas de faire un second voyage. »
Ces faits seuls donnent une idée de l'influence
exercée sur les masses par les Ottomans qui
unissaient l'exaltation religieuse à l'enthousiasme
des poëtes. Ils se nommaient eux-mêmes, comme
Misri, « des gens revêtus de la force de la Loi
et des préceptes du Koran. »

che. » C'est ainsi qu'il s'exprimait à Andrinople. (Cantimir,
Achmet II.)

Il semblerait qu'un aussi zélé défenseur de
l'Islam ne dût jamais paraître suspect. Cependant
il n'en fut pas ainsi. Les vers suivants du chantre
élégant de la solitude, qui parurent trop favorables
au dogme de l'Incarnation et au Christ, donnent
une idée du style de certains poëtes mystiques de
l'Islamisme, qu'on dirait emprunté aux Sibylles [1] :

« Je suis celui qui connaît les secrets de
l'entendement humain. — Je tiens le compte des
trésors de justice ; je suis la vie du monde. —
En moi est renfermé tout ce qui est caché et le
mystère des choses cachées. — A moi est confié
le mystère et j'en suis le riche possesseur. —
J'ai vu la beauté divine plus à découvert que nul
autre : — C'est pourquoi, lorsque je contemple
ce spectacle, je suis ravi de joie. — Tout ce qui
est au ciel et sur la terre m'est assujetti. — Je
suis le sceau très-excellent des choses visibles et
invisibles. — J'ai donné ma propre et unique
substance pour toutes les créatures [2]. — Je suis

1. V. Delaunay, *Moines et Sibylles dans l'antiquité
judéo-grecque.*

2. Cantimir et ceux qui adoptent son interprétation voient
dans ce vers la Rédemption et dans ceux qui précèdent
l'Incarnation. Le reste du morceau exprimerait l'union du
poëte avec Jésus comme lumière du monde. Dans un autre
système de traduction, qui s'attache bien moins à la lettre

toujours avec Jésus et en perpétuelle union avec
lui. — Je suis ce Misri qui a été roi de mon
corps à Misri [1]. — Mon oracle, quoique profond, contient dans son interprétation secrète un
mystère éternel. — En noms divins ma connaissance est infinie. — Je ne respire que pour
avancer dans les sciences célestes. — Dans le ciel
de mon cœur il y a des étoiles sans nombre. —
Dans chaque zodiaque [2] je compte mille soleils et
mille lunes. — En comparaison de ces choses-ci,
la connaissance du ciel empyrée et des autres orbes
doit être méprisée. — Puisque j'ai aussi sur la terre
des essences durables, j'ai honte d'être maître de
l'alphabet des mondes. — Mais cependant je prise
cet alphabet, qui est très-peu estimé. — Car en lui
existe l'accord de Jésus et de Misri. — C'est pourquoi ma volonté n'a rien et ne manque de rien [3]. »

— à tort, à mon avis, — le Verbe incarné parlerait jusqu'à la
fin et le vers sur l'Égypte serait une allusion à sa fuite dans
ce pays.

1. Misri, élevé au Caire, en avait gardé le nom. Cette ville
a donné son nom à l'antique Égypte (Misraïm). Telle est
l'interprétation de Cantimir. Il y a peut-être un rapproche-
ment entre ce fait de la vie du poëte, qui prend ici la parole,
et l'éducation du fondateur du christianisme en Égypte.

2. Pour chaque signe du zodiaque.

3. Je ne désire rien vivement et pourtant rien ne me
manque de ce que je puis désirer.

Ce morceau ayant inquiété l'orthodoxie ottomane, le *scheik ul islam* [1] dut déclarer par un
fetva ce qu'il en pensait : « Le sens de ces vers
n'est connu que d'Allah et de Misri lui-même : »
telle fut sa décision. Les adversaires du poëte,
peu satisfaits de cette décision, s'adressèrent au
padischah, qui ordonna un nouvel examen de
toutes les œuvres de Misri. Le *scheik ul islam*
consentit cette fois à déclarer que ses vers méri-
taient le feu, mais il respecta bravement les
droits de l'inspiration poétique ; « parce que,
dit-il, il ne faut point porter de sentence contre
ceux qui sont possédés de l'enthousiasme ».
Cantimir, auquel le patriarche Callinikos, ancien
archevêque de Brousse, avait souvent parlé de
Misri, *mollah* de cette ville [2] et de son respect
pour l'Évangile, suppose que le poëte n'avait
pas pardonné au sultan le rôle qu'il avait joué
dans cette affaire et il explique ainsi ses discours,
qui sont, du reste, loin d'être favorables aux
Chrétiens. Ne peut-on pas supposer que Misri,

---

1. « La plus haute dignité ecclésiastique, l'interprète de la
Loi ; on pourrait dire qu'il est comme le pape. » (Cantimir,
Hist. de l'emp. ottoman, Orchan.)

2. Cantimir, qui le nomme *scheik* et *mollah* de Brousse,
compare les mollahs aux archevêques ou métropolitains.

comme plus d'un *soufi*, était arrivé à considérer
comme secondaires les formes religieuses et qu'il
tenait surtout à « l'enthousiasme » qui maintient
intact le sentiment religieux? En l'entendant
dans ses vers sur la solitude parler avec tant de
conviction de la vie séparée de la foule, des
illusions du monde, du danger des longs
discours et des conseils du cœur, d'un Dieu qui
s'entretient avec l'âme dans la retraite, il est
impossible de ne pas songer à l'auteur inconnu
qui nous propose « l'imitation » de celui dont
le poëte mahométan vantait les enseignements.
Assurément Misri ne connaissait pas plus le livre
de l'ascète du moyen âge que l'*Éloge de la
solitude* d'un autre chrétien fervent, Eucher,
dont il semble reproduire les expressions. Mais
dans des conditions sociales également déplo-
rables, l'homme, livré à l'inévitable désenchantement que produit le spectacle de l'égoïsme triom-
phant effrontément partout, foulant aux pieds
la justice et la vérité, dédaignant la compassion
comme une faiblesse indigne des maîtres de la
terre, l'homme éprouve le besoin de s'élever dans
une région plus pure et plus sereine. Là ceux
qui sont habitués dès l'enfance à se détester et à
se maudire sont souvent fort étonnés de parler la

même langue et d'exprimer les mêmes sentiments.

Mais dans la société musulmane pas plus que dans la société chrétienne, il n'est, facile à l'âme de rester sur ces hauteurs: Chez les poëtes comme dans la foule, le cœur est ordinairement le théâtre d'impressions contraires, ainsi que dans un ciel orageux les rayons du soleil succèdent subitement aux nuées les plus sombres. Un poëte religieux peut être en même temps, comme l'auteur des *Méditations* et des *Harmonies*, fort épris de la beauté de ces créatures dont il déplore le néant, en désespérant de « pouvoir jeter l'ancre un seul jour sur l'Océan des âges ». S'il en est ainsi dans le Christianisme, on doit s'attendre à trouver plus indulgente pour de pareilles dispositions une religion fondée par l'ardent Arabe qui unissait de violentes passions au désir sincère de faire triompher le monothéisme sur l'idolâtrie. Sidki est bien fidèle à cette double tradition. Cette fille d'un contemporain de Mohammed IV, d'un *ouléma* [1] dont elle a parlé avec une rare sensibilité dans son *Divan*, nous a laissé deux poëmes mystiques, le *Trésor des lumières* et la *Réunion des sciences*.

1. La puissante corporation des *oulémas* est chargée de l'interprétation de la Loi et du Culte.

Mais les poésies qu'elle a consacrées à l'amour
n'ont pas eu un moindre succès. Il semble que
Sidki soit mieux restéé dans la vraie tradition
musulmane que les poëtes inspirés par le pur
ascétisme. Dans l'odinisme scandinave, la religion des « rois de la mer », si la vie n'est
qu'une lutte sans merci, le paradis n'est qu'une
bataille éternelle. Comment l'islamisme ne ferait-il
pas une large place à l'amour dans l'existence
terrestre, puisque des amours sans nuages et
sans fin sont la récompense suprême destinée
aux croyants par Allah ? Le paradis étant l'idéal
du bien et du bonheur, doit jusqu'à un certain
point être réalisé dans cette existence, qui en est
comme la préparation. Les disciples de l'Évangile, en apprenant du Maître que dans le Ciel
« on n'épouse pas et on n'est point épousé [1] »,
ont pensé que la vie parfaite consistait à commencer ici-bas le bonheur de l'éternité. Les
partisans du Prophète, toutes les fois qu'ils ont
obéi à la logique, n'étaient nullement obligés de
croire avec Bossuet que « les plus grands
désordres ont souvent commencé avec la sensualité d'une fleur. »

---

1. Οὔτε γαμοῦσιν οὔτε ἐκγαμήσονται. — S. Luc, XX, 35.

CHAPITRE VIII

LA POÉSIE GUERRIÈRE

 N ne trouve pas dans le mysticisme ottoman les tendances pacifiques du Bouddhisme hindou qui, se propageant parmi les peuples de race jaune, a si profondément transformé les fils des soldats de Djinghis-khan et de Timour–leng, jadis la terreur du monde. Si Misri veut que ses frères, avant d'aller combattre les « polythéistes[1] » fassent régner la justice et les bonnes mœurs dans les États du *padischah*, il ne conseille nulle-

---

1. C'est ainsi que les historiens ottomans, particulièrement l'auteur de la *Couronne des chroniques*, nomment les adorateurs de la Trinité.

ment de transformer les cimeterres en socs de charrue. La société musulmane est une société éminemment guerrière, et sa morale est celle de soldats qui se croient, comme les Perses, adorateurs d'Ahoura-Mazda, destinés à propager « la bonne loi » parmi les nations infidèles.

La prière de Mourad II à la bataille de Varna (1444) donne l'idée la plus exacte de pareilles dispositions. Un historien ottoman [1] rapporte que les « troupes des *giaours* étant innombrables », l'armée musulmane plia, que le découragement s'empara des soldats et qu'un grand nombre de lâches s'enfuirent avec précipitation du champ de bataille. Mourad seul, entouré des officiers de sa cour et des « beys mûris par l'âge, » resta « ferme et inébranlable comme une montagne » au milieu de la déroute de son armée : « O Allah, s'écria-t-il les yeux

---

1. En parlant de Mohammed II et de la prise de Constantinople, il s'exprime sur le compte des Chrétiens comme au XVIᵉ et au XVIIᵉ siècle on aurait parlé des catholiques parmi les protestants : « Les églises de Constantinople fûrent dépouillées des idoles qui les souillaient : elles furent purifiées des impuretés chrétiennes... Ce séjour enchanté, qui avait été tant d'années rempli d'insectes et de reptiles, devint, par la grâce du Créateur, la demeure des unitaires. » On croit entendre Cromwell et ses « côtes de fer. »

baignés de larmes, daigne en faveur de tes serviteurs, qui travaillent sans cesse pour la gloire
de la religion, de tes guerriers qui, pour la foi,
se résignent à la mort, en faveur du prince des
prophètes, la plus excellente des créatures,
daigne, dis-je, ne pas permettre que les légions
de la foi soient foulées aux pieds par l'armée de
l'erreur ; rallie tes serviteurs, et vérifie aujour-
d'hui cette sentence qu'on lit dans ta parole :
« Je me fais un devoir d'accorder la victoire
aux croyants [1]. » Ah ! ne laisse point triompher
l'impie roi de Hongrie, livre-le plutôt en proie
au poignard de la vengeance, et que les fidèles
séparent sa tête de son corps ! Arrête le succès
passager des mécréants ; renverse le drapeau de
l'irréligion, et que les Musulmans ne soient pas
humiliés par une défaite... tu es mon seul
refuge et ma seule espérance [2]. »

Ces sentiments n'ont pas autant qu'on le croit
perdu toute influence sur les soldats ottomans.
Un ancien militaire qui a visité le camp d'Osman-
pacha pendant la guerre de 1876, n'a pas tardé à

---

1. *Koran,* Surate, XXX, v. 46.
2. Saadeddin, *La Couronne des chroniques,* trad. Garcin
de Tassy.

constater que la masse de l'armée est restée fidèle
aux vieilles traditions. « Les troupes régulières
sont bonnes, excellentes [1], écrivait-il à la *Correspondance autrichienne* [2]; le soldat est animé d'un
véritable enthousiasme, l'enthousiasme religieux [3];
car c'est pour l'Islam qu'il se bat, non pour la
patrie », idée nouvelle pour laquelle il a fallu
forger un mot afin de se conformer aux opinions
occidentales. » Le soldat va au feu comme au
moyen âge, en criant : Allah! Allah! » C'est
ainsi que cet observateur exact [4] explique la
bravoure, la résignation, la persévérance de soldats qui manquent de tout, de vivres, de tentes,

1. « Les Turcs, dit le *Times* de 1876, après avoir parlé
de tous leurs défauts, sont bons soldats, ils sont braves ;
leur indifférence pour les privations et le mépris de la mort
les élèvent fort au-dessus de leurs sujets levantins. » Cette
assertion est bien loin d'être vraie pour tous les sujets de
l'empire. Les Albanais, par exemple, sont les premiers soldats de l'Orient.

2. On trouvera la traduction de cette curieuse lettre dans
le *Journal des Débats* d'août 1876.

3. « L'armée turque, dit le principal des journaux anglais,
quoique formée dans un milieu social en décadence, est ani-
mée d'un enthousiasme religieux qui a résisté aux idées du
monde moderne. » (*Times* du 10 août 1876.)

4. Au temps de la Révolution on voit encore la noblesse
française, les Vendéens, etc., se battre pour le pape et le
roi contre leur pays.

d'ambulances, tant les gouvernements despotiques
ont souvent peu de souci des gens qu'ils envoient
à la mort! L'officier, dont l'esprit est plus ou-
vert aux influences étrangères, est, il est vrai,
« sans enthousiasme ». Inutile de dire qu'il ne
s'agit pas ici des *bachi-bozouks*, hordes à l'aspect
sauvage, qui songent plutôt à piller qu'à défendre l'Islam et la dynastie d'Osman.

Les Tyrtées ne sauraient manquer à des hommes qui font de l'existence une vraie bataille et
qui n'ont le droit de se reposer que dans les délices
du paradis, conquis par leur vaillance. Mourad II, Mohammed II, Bayezid II, Souleïman Ier,
Mourad IV, aussi lettrés que braves, auraient pu
chanter les exploits des vaillants soldats qu'ils
conduisaient à la victoire, car au temps des triomphes de l'empire et des succès des meilleurs poëtes,
le *padischah*, chef de guerre comme ses rudes
aïeux, était bien loin d'être une sorte d'idole,
vénérée au fond d'un palais par un vil troupeau
d'eunuques et d'odalisques. Il apprenait dans la
vie des camps à rendre justice à ceux dont ses
indignes héritiers sont devenus impuissants à contenir la turbulence, et dans lesquels ils ne devaient
voir qu'un obstacle. Le despotisme même de
Sélim Ier se résignait à supporter les défauts et

les prétentions de compagnons d'armes indispen-
sables à la défense de l'empire.

Mohammed Thalii, secrétaire des janissaires
sous Sélim, est un type assez complet de ces
poëtes, épris de la franchise militaire, dont les
vers ne produisaient pas toujours un agréable
murmure aux oreilles des sultans. Thalii était
un ardent admirateur des janissaires [1], corps institué par Ourkhan Ier, fortifié par Mourad Ier et
par Bayezid Ier, béni par le célèbre thaumaturge,
le *dervisch* Hadji Bektach, fondateur d'un ordre
de moines mariés, voyageurs et poëtes qui doivent un *gazel* et l'*esma* [2] à tous ceux qu'ils ren-
contrent et dont la manche devint la bizarre
coiffure de ces troupes redoutées. L'infanterie des
janissaires, formée principalement de jeunes gens
pris à la guerre ou arrachés aux familles chrétiennes
de l'empire [3], tout en devenant la terreur des
voisins de la Turquie, conserva sous le drapeau

---

1. *Yéni-tchéri* ou nouvelle troupe.

2. Invocation d'un des 1,001 noms de Dieu. — Les cha-
pelets ont 100 grains ; sur le centième on récite le nom
d'Allah. Cette dévotion facile, ouvrant les portes du paradis, est fort goûtée d'un peuple de plus en plus envahi par
l'indolence.

3. La loi qui exigeait des familles chrétiennes un fils sur
dix ne fut abolie que sous Mourad IV.

du Prophète quelques-uns des instincts des races, souvent turbulentes, dont ils descendaient. Le trône d'Osman, qu'ils défendirent si vaillamment, fut souvent ébranlé par leurs séditions. Ainsi que les prétoriens de Rome ils s'arrogèrent le droit de disposer du sceptre. Comme on ne s'appuie en définitive que sur ce qui résiste, depuis que Mahmoud II a fait massacrer ces soldats indisciplinés mais terribles devant l'ennemi, la Turquie est devenue « l'homme malade » de l'empereur Nicolas, dont la riche succession excite tant d'ardentes convoitises.

On comprend sans peine qu'un prince tel qu'un Sélim Ier supportât avec impatience les prétentions des janissaires. La manière dont il traita les *mameloucks* après la conquête de l'Égypte (il en fit décapiter 30,000) atteste assez le peu de goût qu'il avait pour de pareilles institutions. Mais un prince qui avait la passion de la guerre était disposé à apprécier le genre de services rendus par les janissaires, tandis que ses héritiers du xixe siècle, si peu belliqueux, devaient surtout être irrités de leur turbulence. Thalii, dans ses vers en l'honneur des janissaires, s'efforce de dissiper les inquiétudes que cette turbulence pouvait inspirer à un despote aussi intraitable que Sélim, qui avait

dû plus d'une fois réprimer leurs séditions. Le
poëte convient que le nom seul des janissaires
inspire la terreur et que l'on se plaint du pouvoir
excessif dont ils disposent. Mais cette terreur
même ne protége-t-elle pas les cités de l'empire?
Dans la nature, les forces les plus utiles ne de-
viennent-elles pas facilement redoutables? Source
de toute vie, le soleil n'est-il pas parfois le plus
redoutable des fléaux?

Il semble que Thalii avait des raisons personnelles d'être indulgent pour ces janissaires dont
il était le secrétaire. Sélim lui dit un jour qu'il
croyait l'avoir vu au milieu de ces soldats, qui
pillaient une maison dans la ville d'Amasie : « Il
est vrai, dit le poëte peu facile à intimider, mais
j'y étais pour les contenir. » S'il échappa cette
fois à la colère du féroce *padischah*, il ne fut pas
aussi heureux quand il composa un ouvrage en
son honneur, moitié en prose, moitié en vers.
Le défiant Sélim crut découvrir plus d'une intention satirique dans cette œuvre, et, sans une
prompte fuite, Thalii n'aurait pas échappé à la
colère d'un prince qui aimait sans doute les lettrés et les poëtes, mais qui ne pouvait souffrir
l'apparence même d'une critique.

Dans un monde belliqueux les femmes ont,

comme les Lacédémoniennes, « des rêves de guerre
en leur âme inquiète », de ces rêves que le café en-
tretenait sans doute dans l'âme du poëte-janis-
saire, Belighi [1]. Zeïneb, en s'adressant à Mohammed II, lui dit qu'elle « a une âme virile et
qu'elle dédaigne, quoique femme, la parure et
les ornements. » Elle l'encourage avec une ardeur
passionnée à la conquête du monde. Moines et
femmes, qui ailleurs (par exemple chez les nations
bouddhistes) ne donnent que des conseils timides
et n'encouragent que les goûts pacifiques, sont ici
complétement dévoués à une politique fort différente.

. Même au temps où la Turquie avait été « fortement atteinte », comme le poëte impérial en
convient lui-même, Mourad IV répondait avec
une mâle énergie, une résolution inébranlable [2]

---

1. Les riantes images produites par cette boisson, dont le
janissaire du xvie siècle met la vertu au-dessus de celle du
vin, devaient, ce semble, ressembler aux beaux « rêves de
guerre » de M. Hugo.

2. « Parmi ses vices si marqués, Amurat laissait entrevoir
des vertus supérieures du côté de l'esprit comme du corps...
On lui fait honneur d'une grande fermeté dans la conduite
des affaires. Il ne démordait point d'une entreprise qu'elle
n'eût ou réussi ou manqué tout à fait ; nulle difficulté ne
l'arrêtait, nul revers ne l'ébranlait, et l'on peut dire que si

et un vrai talent au grand vizir Hafiz, qui lui
avait adressé un message en vers afin de lui faire
comprendre combien il lui était difficile de prendre
Bagdad. Il lui rappelle vivement ses devoirs envers
ses braves troupes dont il doit être l'exemple,
envers son souverain, envers les saints de l'Islam [1],
envers son pays, auxquels les Persans hérétiques
ont fait tant de mal ; il lui parle du jugement sévère réservé par Allah aux âmes irrésolues et timides ; il lui demande s'il veut, en manquant à des
devoirs sacrés, rendre son empereur incapable de
porter le titre glorieux de « maître des deux
mondes ».

Hafiz, qui avait épousé une sœur du sultan, était
fait pour comprendre un pareil langage. Il réci-
tait lui-même ses poésies aux troupes qu'il me-
nait à l'ennemi pour les encourager à défendre
la foi et la famille d'Osman. Dans une bataille
contre les Persans, on le vit s'élancer la lance à la
main, en entonnant un chant de guerre comme
le Normand Taillefer qui, à la bataille d'Hastings,

---

sa vie avait répondu par son étendue à celle de son génie
et à sa grandeur d'âme, il aurait pu entreprendre la conquête
de l'univers. » (Cantimir, *Amurat IV.*)

1. Abou-Hanifa, un des saints sunnites, a été enterré à
Bagdad.

chantait la chanson de Roland en chargeant les
Saxons.

Malheureusement, comme au temps des Césars,
on avait aussi souvent l'occasion d'admirer ceux
qui savaient bien mourir, sans profit pour le
pays, que ceux qui s'illustraient sur les champs
de bataille. Dans les siècles violents on ne fait
pas plus cas de la vie des autres que de la sienne.
En outre, dans les États despotiques le glaive de
Damoclès est constamment suspendu sur les
têtes les plus hautes. L'ombre seule du péril fait
trembler un despote, et tout *padischah*, en montant sur le trône, n'apaisait ses terreurs que dans
le sang de ses proches. « Il n'y a pas de lien de
parenté parmi les souverains [1]. »

Les conditions obscures ne préservent point de
pareilles catastrophes. Les plus sages des sultans
n'échappent pas aux caprices sanguinaires que le
pouvoir absolu inspire. Un jour, pour un crime
isolé [2], Souleïman Ier fait massacrer tous les Albanais de Constantinople [3]. Un Sélim Ier et un Mou-

1. Saadeddin rappelle cet axiome en racontant la fin tragique du prince Djem. (*Couronne des Chroniques.*)

2. Cantimir, *Empire ottoman*, Soliman Ier.

3. Il semble que le sultan « législateur » avait pour lui
le texte de la loi, mais l'application, dit naïvement Cantimir,
était « tyrannique ».

rad IV ont bien d'autres fantaisies ! Sélim, si peu
tendre pour les hérétiques [1], pense à faire égorger dans une Saint–Barthélemy musulmane tous
les chrétiens de son immense empire. Mourad,
heureux de satisfaire sa rage contre les hétéro-
doxes, avait ordonné après la prise de Bagdad
le massacre de 30,000 prisonniers persans, et le
poëte-musicien Schakouli eut la gloire de lui arracher 10,000 hérétiques, en lui chantant ses vers
sur la clémence [2].

1. « Quarante mille hommes aux cœurs infâmes furent, les
uns exécutés, les autres jetés dans les cachots. » (Saadeddin, T. IV, fol. 233). — Un poëte persan loue, à cette
occasion, « le sultan, fécond en ressources et plein d'esprit ».
Les bourreaux ne manquent jamais de flatteurs.

2. Toderini, *Letteratura turchesca*, Venise, 1787, a donné
la musique de ce morceau.

CHAPITRE IX

LES ÉPICURIENS ET LES CYNIQUES

ANS les pays où la force règne on s'habitue à ses excès. Les natures optimistes oublient si promptement les mauvais jours quand le soleil sourit un moment ! Horace n'a pas l'air de se souvenir que l'empereur Auguste, divinisé par Virgile, avait versé à flots le sang des citoyens romains. Plus d'un Horace s'est trouvé chez les Ottomans, un Horace peu soucieux des ardentes aspirations des mystiques, des projets belliqueux des chantres de la guerre sainte, des anathèmes des croyants, enthousiastes contre le vin et la vie facile.

Dès le xve siècle, ce siècle de combats et de

luttes acharnées, où Turcs et chrétiens, Mongols et Turcs se livrèrent de si terribles batailles, Mésihi agit et parle déjà en véritable disciple d'Épicure. Ce poëte éminent est un des premiers qui aient été connus en Europe, le célèbre orientaliste anglais, William Jones, ayant traduit en latin sa belle idylle sur le printemps [1], que Toderini, l'auteur vénitien de la *Letteratura turchesca,* a reproduite dans quelques pages de son livre consacrées à la poésie ottomane. Ces vers n'ont pas peu contribué à donner une idée fort peu exacte de la poésie des nations turques, qu'on s'est trop empressé de regarder comme décidément épicurienne.

Boileau dit de la poésie d'un ecclésiastique français, Régnier, « qu'elle se sentait des lieux où fréquentait l'auteur ». Comme le poëte des *Satires,* Mésihi se préoccupait moins des devoirs de son état que de ses plaisirs. Quoiqu'il fût attaché à la personne du grand vizir comme secrétaire, il préférait beaucoup plus les endroits où l'on s'amusait que les fonctions dont il était chargé au Divan impérial, comptant non sans raison sur la bienveillance indulgente de son

---

1. *Poeseos Asiaticæ commentarit.*

Mécène, le grand vizir Ali-pacha. Ce voluptueux, qui semblait fait pour la vie des cités, avait pourtant le sentiment de la beauté de la nature, non pas sans doute tel qu'il existe chez nos contemporains, mais tel qu'on le trouve chez Horace. Les poëtes ottomans ne sont point, du reste, étrangers à ce sentiment. Ils aiment les champs, les beaux arbres, surtout les fleurs et la rose, reine glorieuse du monde végétal, dont les vives couleurs resplendissent sur le frais visage des jeunes filles, ainsi que le dit Mésihi lui-même. Le drame dont le monde extérieur est le théâtre a aussi un sens pour eux et ils ne séparent pas la vie humaine du milieu changeant et tourmenté dans lequel elle se développe et s'épuise. Mais comme ailleurs ils en tirent des leçons fort contraires! Les uns veulent se détacher complétement d'un monde dont la « figure passe » si vite [1], d'autres engagent leurs amis et leurs disciples à jouir promptement de satisfactions qu'on ne retrouve plus dans un âge moins heureux. Telle est la morale de l'ami des Pisons et du secrétaire d'Ali-pacha. Mésihi, autant que le poëte

---

1. Παράγει τὸ σχῆμα τοῦ κόσμου τούτου (S. Paul, 1re Ép. aux Corinthiens, VII, 31).

latin est épris de la saison où « les tulipes, les
anémones, les roses » semblent refléter dans leurs
éclatantes couleurs la splendeur même du soleil
où le « roi de la terre [1], distribuant à tous la
justice, » mûrit pour tous les buveurs, obscurs,
ou puissants, le fruit désiré de la vigne :

« Tu entends le chant du rossignol qui dit :
Voici le printemps; dans tout jardin on fait alors
un berceau : les fleurs, les amandiers sèment
l'argent. Sois joyeux et content, car elle s'envole, elle ne dure pas la saison printanière.

« De nouveau les jardins et les prés s'ornent
de fleurs : pour s'amuser on construit au milieu
du bosquet de rosiers une tente de fleurs. Qui
sait si, tandis que durera ce printemps, chacun de
nous sera en vie? Sois joyeux et content, car elle
s'envole, elle ne dure pas la saison printanière.

« Au fond du bosquet de rosiers brille la lumière [2] d'Ahmed, au milieu des fleurs sont ses
compagnons pareils à la tulipe. Hâtez-vous, Musulmans, ce temps est la saison de la joie. Sois
joyeux et content, car elle s'envole, elle ne dure
pas la saison printanière.

1. Le soleil.
2. La lumière de ses yeux.

« La rosée resplendit de nouveau sur le calice des lis. Les gouttes de rosée descendent à travers les airs sur le bosquet de rosiers : si tu cherches la volupté, c'est moi, moi qu'il faut écouter. Sois joyeux et content, car elle s'envole, elle ne dure pas la saison printanière.

« Les jeunes filles sont des lis mêlés aux roses, des lis aux oreilles desquelles pendent les perles de la rosée. Ne te fais pas illusion, n'espère pas que ces beautés seront durables. Sois joyeux et content; car elle s'envole, elle ne dure pas la saison printanière...

« Il est passé le temps où les herbes gisaient languissantes, où la rose avait incliné la tête sur son sein. Voici le temps où les collines et les rochers se parent de fleurs. Sois joyeux et content; car elle s'envole, elle ne dure pas la saison printanière.

« Le matin les nuées répandent toujours des perles sur le bosquet de rosiers; le souffle de la brise nouvelle est plein de musc de Tartarie. Hâte-toi (de vivre) et pourtant ne t'attache pas à la vie. Sois joyeux et content; car elle s'envole, elle ne dure pas la saison printanière.

« L'odeur de la rose [1] rend l'air si doux que

_____

1. Les Turcs ont pour la rose une telle passion que les

8

les gouttes de rosée, avant de descendre à terre,
se transforment en eau de rose. L'éther étend sur
le jardin des nuages comme une tente. Sois joyeux
et content; car elle s'envole, elle ne dure pas
la saison printanière...

« Pour moi, j'ai espéré que ce chant rendra
ce vallon célèbre. Qu'il devienne pour ses habitants un souvenir de cette réunion et de ces
belles. Tu es un rossignol [1], ô Mésihi, tandis que
tu t'avances au milieu de ces filles aux joues de
roses. Sois joyeux et content; car elle s'envole,
elle ne dure pas la saison printanière. »

Le chant du célèbre Baki [2] sur l'automne nous
montre déjà engourdie par les premiers froids
cette nature dont Mésihi a peint le réveil. Quoiqu'elle soit exprimée à la fin seulement par quelques mots, la morale ne diffère pas de celle de
Mésihi et d'Horace. Horace, selon Voltaire,

Chanta les doux plaisirs, les vins et les amours.

On en peut dire autant de celui que Sou—

noms de la rose et du rosier se trouvent à chaque instant
dans leurs poésies.

1. Adorateur de la rose comme Mésihi l'est des belles dont
il parle.

2. V. sa biographie dans mon *Histoire des poëtes ottomans* (*Rivista Europea*, février-mars, 1877).

leïman Ier, admirateur de ses talents [1], appelait son ami et que les Ottomans ont nommé Baki (l'Immortel). Les charmes de la beauté n'ont pas d'admirateur plus fervent, et le vin lui-même, quoique proscrit par le Prophète, lui semble être une liqueur divine, manière de voir que partagent Bélighi, Vehbi, le prince Djem et autres poëtes. Grâce à la magique puissance du jus de la vigne renaît le souvenir enchanteur des amours, « si difficiles à congédier », disait un poëte français. Ce légiste, qui professa avec succès dans différentes écoles et qui jouit constamment de la faveur du souverain, n'est pas comme Lamii une âme préoccupée des « années éternelles ». Ainsi que le poëte lyrique latin il ne se fait pas illusion sur la valeur de la vie, il sait que le bonheur même n'est pas plus réel que le songe d'une nuit d'été, mais la brièveté et le vide effrayant de l'existence n'inspirent à l'Épicurien d'autre sentiment que l'envie de jouir promptement des plaisirs dont la durée est si courte, tandis que le mystique n'a que dédain pour des

---

1. Nous avons de ce sultan une pièce de vers consacrée à Baki. — V. la biographie de Souleïman dans mon *Histoire des poëtes ottomans*.

joies si vaines et dont la durée est celle d'un
rêve [1].

Ces contrastes ne sont pas de nature à nous
étonner. Le siècle même de Louis XIV, qu'on
nous donne comme le siècle religieux par excellence, en présente de pareils. Cette morale de
« l'honnête homme », qu'on trouve dans de grands
poëtes tels que Molière et La Fontaine, diffère
sans doute beaucoup des sentiments que Racine
converti exprimait en vers dans *Athalie* et dans
Esther, et Bossuet dans une prose qui par son
éclat et sa magnificence rivalise avec la plus
belle poésie, avec cette poésie [2] qu'il condamnait
comme les arts, les lettres profanes, tout ce qui
peut embellir la vie. Or chez les Ottomans,
même à des époques fort orthodoxes, on peut
constater comme deux courants, qui entraînent
les esprits dans des directions fort différentes.

Au temps de Vehbi, au xviiie siècle, un de ces
courants était devenu bien plus fort que l'autre.

---

1. V. *Baki's des græsten türkischen Lyrikers Divan*
(Vienne, 1825). — Cette traduction est du baron de Hammer-Purgstall.

2. Aux admirateurs de Molière et du *Misanthrope,* il
répondait par la célèbre sentence biblique : « Malheur à
vous qui riez ! »

Comme un poëte de ce siècle, l'auteur de *l'Homme des champs* [1], comme Béranger, Vehbi apprécie beaucoup mieux les satisfactions de la société que les beautés de la nature. On dirait que Béranger avait sous les yeux les vers du poëte ottoman sur l'hiver quand il faisait l'éloge de cette morne saison :

> Sombre hiver, sous les glaçons
> Ensevelis la nature ;
> Ton aquilon qui murmure,
> Ne peut troubler nos chansons.

Pour Vehbi, l'éclat du brasier vaut celui de la rose ; la splendeur de la neige, la beauté de la blanche églantine ; la musique, le chant du rossignol. D'ailleurs, s'il y avait quelque chose à regretter dans le printemps, le vin, père des doux songes, ne peut-il pas nous le rendre ? Après Horace, qui s'arrange aussi fort bien de l'hiver, Vehbi regarde le vin, dans lequel le Prophète voit le plus dangereux des conseillers [2], comme un consolateur et un ami. Les religions reculent devant les vieux instincts de notre espèce. Or « s'exterminer et s'exciter est le premier besoin

1. Delille a aussi chanté l'hiver.
2. « La source des péchés, » dit le Koran.

de l'homme, » dit M. Alfred Maury[1]. Si l'Évangile,
cette religion de paix, n'est jamais un obstacle
pour les Chrétiens quand ils s'égorgent avec
une fureur vraiment bestiale, il semble que
l'Islam aura d'autant plus de peine à empêcher
les Musulmans de s'abrutir que l'alcool n'est
nullement proscrit par le Koran, et que leurs
sujets slaves, ces infatigables buveurs[2], leur ap-
prennent trop facilement à s'habituer à ce redoutable poison. Le *raki*, eau-de-vie de prunes,
n'est que trop populaire en Turquie.

A côté des chantres de la volupté ne tardent
pas à paraître les apologistes de la débauche,
toute théorie tendant à produire son exagération.
Tandis que le mysticisme musulman aboutit aux
pratiques des derviches hurleurs, les cyniques se
vantent partout d'être des Épicuriens fidèles à la
logique. Le peuple même, au moyen âge catholique, penche facilement de ce côté. Depuis la Renaissance, combien d'écrivains chrétiens ont publié des écrits licencieux! De nos jours l'exemple
de Béranger prouve qu'un poëte qui veut devenir
« populaire » s'adresse volontiers à un certain

---

1. *La Terre et l'Homme.*
2. V. Le savant ouvrage du docteur Fazio, l'*Ubbriachezza.*

ordre de sentiments. Tantôt il faut faire la part
des instincts peu élevés, tantôt celle du calcul.
S'il serait difficile d'affirmer que la poésie ottomane est ordinairement licencieuse, il ne serait
pas plus aisé de soutenir que les poëtes ont tous
été assez réservés pour ne pas choquer beaucoup
de musulmans comme les critiques chrétiens.
Ainsi Ghazali, surnommé Délibourader[1], écrivant
à une époque où le despotisme, — le plus terrible dissolvant que connaisse l'âme humaine, —
n'avait encore produit qu'une partie de ses conséquences, étonna les Ottomans, ainsi que son
contemporain Ishak Tchélébi[2], par la licence de
ses vers aussi bien que par sa conduite déréglée.
Mais tant qu'une nation garde un cœur viril, une
pareille poésie n'a pas l'action qu'elle a dans les
siècles de décadence, d'insouciance et de mollesse.
Le caractère de Délibourader lui-même n'a nullement cette lâcheté qui avilit les débauchés des
bas empires. Ce cynique sait dans l'occasion se
montrer reconnaissant et même intrépide. Quand

1. « Frère fou. » Ce surnom montre assez que l'opinion
générale n'était pas favorable à Ghazali.
2. Tristement célèbre par ses déclamations mysogines. —
V. mon *Histoire des poëtes ottomans* (*Rivista Europea*, février-mars, 1877).

Sélim le Féroce fit tuer ses sept neveux et ses deux frères, Ahmed et Korkoud, Délibourader osa pleurer Korkoud, qui aimait les lettres et qui l'avait protégé [1]. Moins reconnaissant il aurait eu des chances de disputer à Sati la faveur du *padischah*. En louant Korkoud, il parle en croyant d'une justice supérieure à celle des rois de la terre et des châtiments éternels réservés aux assassins. Il appartenait à une de ces époques où la licence n'exclut pas toujours la foi. Plus tard, nous trouvons même chez un débauché comme Mourad IV les idées d'un mystique. Quand il s'agit de la nature humaine, on ne doit s'étonner d'aucune contradiction.

Mais quand une société arrive à la période de dissolution, les germes semés par des esprits égoïstes et insouciants ne sauraient rester stériles. On sait quelles réflexions inspirèrent au roi des Parthes les livres trouvés, au moment où l'Empire allait succéder à la République romaine, dans les bagages de Crassus. Sous les Césars, quand toute activité politique avait péri, quand la vie militaire avait perdu son ancien prestige, quand le

1. V. son élégie sur la mort de Korkoud, et sa biographie dans mon *Histoire des poëtes ottomans*.

rude patriotisme du vieux patriciat romain n'avait plus de représentants, quand les chefs de l'État donnaient eux-mêmes l'exemple de tous les genres de désordres [1], la débauche devint une puissance redoutable. Dans l'empire ottoman, la corruption commence par les sultans, gâtés par une fortune trop constamment prospère, un pouvoir sans limites, la molle opulence des vaincus, la déplorable servilité des peuples. Lamartine, qui est bien loin d'être un ennemi de la Turquie, flétrit avec indignation les mœurs dépravées des Bayezid Ier et des Mohammed II [2], trop dignes de la Rome impériale [3]. Tenté un moment d'attribuer le progrès de ces mœurs à la corruption des chrétiens esclaves des Turcs, il est obligé de convenir que l'Asie les avait introduites en Grèce, d'où elles se répandirent dans l'empire romain. Saint Paul, témoin irrité de la honteuse orgie romaine, croit qu'elle est le châtiment exceptionnel du crime de l'idolâtrie [4]. Mais cette explication ne peut s'appliquer à l'Islam, qui réprouve les vices anathé-

1. Chateaubriand, *Études historiques*. Mœurs des païens.
2. *Histoire de la Turquie*.
3. Gibbon, *The history of the decline and fall of the Roman empire*.
4. *Épître aux Romains* 1, 26.

matisés par l'apôtre de la façon la plus solen-
nelle, comme Moïse et le Christianisme l'avaient
fait avant lui. Il faut accuser une de ces déplo-
rables tendances qui ont été souvent si funestes
à l'Asie [1], qui semblent vraiment tenir de la mo-
nomanie et qui ont précipité la décadence de cet
immense continent, peuplé de plus de huit cents
millions d'êtres humains, berceau d'une civilisation
si antique et théâtre d'événements dont le souvenir
ne s'effacera jamais de la mémoire des hommes.
Tant que la jeunesse des deux sexes de l'empire
ottoman n'aura pas de meilleur enseignement que
le théâtre populaire de Karagheuz [2], des soldats
dont la bravoure rappelle encore souvent celle de
leurs pères, verseront en vain leur sang sur les
champs de bataille. Quand un ennemi dont chaque
coup est mortel [3], s'installe au cœur de la place, il
est assez inutile d'aller en chercher de bien moins
redoutables à la frontière. Un grand vizir alba-

1. « La prostitution sous toutes ses formes marche encore
le front levé dans des mêmes cités où elle trônait autrefois.
Elle désigne ses victimes dès l'âge le plus tendre, etc. »
Matthieu, *Les Peuples de la Turquie.*

2. V. dans Matthieu l'analyse d'une pièce de cet étrange
théâtre.

3. Docteur Virey, *Histoire naturelle du genre humain.* —
Virey est ici l'écho de tous les physiologistes.

nais, Moustapha Kœprili, le comprenait si bien
qu'il commença par chasser de son camp tous
ceux qui propageaient le fléau de la débauche
parmi ses soldats [1] et par menacer de mort ceux
qui n'obéissaient pas.

Il ne suffit pas de faire la part des vices, les opinions ont aussi leur responsabilité. L'idée si étroite
que les Asiatiques se font de la destinée de la
femme et de son rôle dans la famille comme
dans la société, la polygamie et les désordres
sans nombre qui en sont la suite, permettaient-
ils à l'empire ottoman de se développer d'une
manière normale et de se constituer solidement?
En consultant les poëtes nous saurons facilement
ce qu'il faut en penser.

1. Cantimir, T. IV, 44-45, Soliman II.

CHAPITRE X

L'AMOUR ET LES FEMMES

 OU T E nation a son idéal féminin, qu'on retrouve à la fois dans la religion, l'art et la littérature. Le polythéisme hellénique nous offre des créations aussi variées que les idées dont il était l'expression, et la vierge, la matrone, l'amante, resplendissent d'une égale beauté, dans les types vraiment admirables de Pallas Athéné aux yeux d'azur, de la reine du ciel, Héré, d'Aphrodite sortie du sein des flots. Il ne faut chercher rien de pareil dans la poésie turque, qui loin de placer la femme sur les autels, ne semble pas même se préoccuper de sa destinée en dehors de cette vie.

9

Cependant on a beau avoir des inclinations grossières et des goûts primitifs, on n'échappe pas à
cet irrésistible besoin de l'idéal qui est le plus
noble instinct de notre espèce. Si l'islamisme, ennemi des arts, n'a ni Vénus de Médicis, ni
Vierge à la chaise, il n'a pas pu, plus qu'aucune
autre religion, se contenter de la prosaïque réalité. Mais né dans les hallucinations d'un Arabe
sobre, rapace et sensuel, il a rêvé une femme en
rapport avec l'imagination incomplète d'un Sé-
mite voluptueux. Cette femme est la houris,
chantée par l Ottoman Ibn Katib. « Près d'eux
(les élus), dit le Koran, seront les *Houris* aux
beaux yeux noirs, pareilles aux perles dans leur
nacre. » La fantaisie populaire a complété cette
esquisse, et le poëte théologien que je viens de
citer en traçait, au XVIe siècle, le portrait qu'il
croyait le plus propre à exalter les ardents soldats qui faisaient alors trembler l'Europe. La
lumière pure et déliée est tellement l'essence de
la *houris,* que si l'une d'elles, franchissant la limite
du paradis, apparaissait sur ce globe couvert de
ténèbres, le monde se noierait dans les flots de
lumière, et que si, au sein des nuits, elle levait
son voile, chaque étoile s'obscurcirait. Mais par
un mystère de la puissance divine, la lumière a

formé un corps céleste, aux cheveux, aux cils,
aux yeux noirs, au teint pareil aux roses semées
dans le ciel par l'Aurore, au sein semblable à la
perle, dont la voix, écho d'un monde supérieur,
est tellement puissante et douce que, si elle reten-
tissait parmi nous, l'homme succomberait dans
une extase de volupté. L'infirmité — ou tout ce
qui semble tel à l'imagination turque — n'a pas
de puissance sur ces êtres divins, dont les pré-
rogatives ne sont pas moins mystérieuses que la
nature. Mais comme si l'exaltation des croyants
s'attachait à multiplier les contradictions, ces
créatures merveilleuses, dont cinq cents forment
le harem d'un habitant du paradis, ne montrent
jamais aucune espèce de jalousie, et sont exemp-
tes de tout accès de mauvaise humeur, tant l'é-
goïsme, la vanité, la haine et la malice leur sont
étrangères. On voit que l'Ottoman, en entrant
dans la vie éternelle, éprouve un sentiment analogue à la satisfaction de Mélanchthon, joyeux
de mourir pour échapper aux fureurs des théo-
logiens.

Quand on est convaincu qu'on aime une houris ou un ange, il est permis de parler en amant
désespéré, comme le fait l'auteur de ce chant
populaire :

« Depuis que je t'ai donné mon cœur, vois ce que je suis devenu,
Tu étais un bouton de rose, embrasé par toi, je me suis desséché.
Je te vis, je te donnai mon cœur, brûlé d'amour pour toi.
Dis donc, ô fille, à qui peindrai-je ce sentiment ?
Le monde m'est devenu étranger ; que ferai-je sans toi ?

« Aussitôt que je contemplai ta beauté, je fus saisi d'une douleur cruelle.
A cause de toi, j'ai été victime du désir ardent du bonheur d'amour.
Tu m'as réduit en cendre avec tes douces chansons.
Dis donc, ô fille, à qui peindrai-je ce sentiment ?
Le monde m'est devenu étranger ; que ferai-je sans toi ?

« Depuis que je t'ai donné mon cœur, le délire m'a saisi.
Tes charmes m'ont fait penser aux houris et aux anges,
Je t'ai donné mon cœur et je ne le reprendrai plus.
Dis donc, ô fille, à qui peindrai-je ce sentiment ?
Le monde m'est devenu étranger ; que ferai-je sans toi ? » [1]

Si du paradis nous descendons dans ce bas monde, on comparera une beauté mortelle « dont les cheveux donnent le trépas », selon Sati, aux houris et aux esprits célestes qui jouent un si grand rôle dans les idées mahométanes, l'imagination du peuple tendant constamment à s'affranchir du dogmatisme rigide qui fait l'essence du monothéisme. Le monde végétal offre aussi des similitudes consacrées, qui pour les Ottomans n'ont

[1]. Chanson recueillie à Routchouk et publiée dans la *Zeitschr. der Deutschen Morgen.* — 1865.

rien de banal. Ils aiment les fleurs autant qu'un
Arioste et qu'un Gœthe, ils en comprennent parfaitement la poésie. Aussi, quand le chantre du
printemps, Mésihi, affirme que les jeunes filles
sont les rivales des fleurs, cette comparaison a-t-
elle beaucoup plus de portée que quand Chateaubriand dit froidement : « Jeune fille, jeune
fleur ! » Il s'agit en effet d'un poëte dont l'âme
est enivrée par le charmant aspect, la grâce, les
splendides couleurs de la fleur, dont la beauté,
hélas ! passe vite comme celle de la vierge. Les Ottomans ont trop le caractère oriental pour donner
la préférence à la pervenche, dont l'azur ressemble
à celui du ciel, au délicat myosotis qui charme
les mélancoliques Germains, à la violette parfumée, qui cache son parfum dans les buissons. Ils
leur préfèrent le narcisse à la prunelle d'or de
Fasli, qu'un poëte arabe, Abou-Navas, nomme
« un œil d'argent à la prunelle d'or, étincelant
sur une tige d'émeraude », surtout la tulipe, en
l'honneur de laquelle Ahmed III a institué une
fête chantée par Hassan, la tulipe fille du ciel,
l'amour et l'orgueil de la terre, et la rose, vêtue
de pourpre et de soie, dont Fasli a raconté les
amours avec le rossignol. Une catégorie de similitudes moins en rapport avec nos goûts, mais

avec lesquels une églogue sémitique, le *Cantique des Cantiques,* nous a familiarisés, est la comparaison avec des édifices. Le plus célèbre des poëtes ottomans, Baki, n'aurait pas comparé une jeune fille, telle sous sa brune chevelure que la lune qui dissipe l'ombre des nuits, à la Caaba ou au temple de Salomon, si ses compatriotes n'avaient pas aimé tout ce qui rappelle la grandeur et la majesté.

Des vers de Mésihi donnent mieux que toutes ces comparaisons une idée du pouvoir de la beauté. Au-dessous d'un sombre rocher, d'où coulent deux ruisseaux, s'élève un temple radieux dont on n'approche qu'avec émotion. Le rocher est le front attristé du poëte, les ruisseaux sont ses larmes, le temple est celui de la beauté. Comme Homère, Mésihi voit dans la puissance dont elle dispose [1], le résultat d'une force mystérieuse. Il croit que cette force réside dans une ceinture pareille à celle que le poëte grec donne à Aphrodite. Cette merveille n'est pas faite pour surprendre un cœur épris. Les rossignols qui faisaient leur nid dans la chevelure de l'amoureux

---

1. Le gynophobe Proudhon en parle lui-même avec un ravissement singulier qui fait contrasté avec son ton hargneux ordinaire. (V. *De la Justice.*)

Medjnoun n'ont-ils pas troublé bien des cœurs, en répandant partout la flamme qui les consumait ? Combien le livre a peu de pouvoir pour convaincre ! La beauté, elle, n'a qu'à se manifester pour triompher. Le poëte n'est pas de ces âmes stoïciennes qui veulent résister à l'*alma Venus,* « éternelle volupté des dieux et des hommes[1] ». Il se déclare soumis à ses caprices et disposé à brûler sous ses yeux ces livres dont la puissance est si vaine.

Mohammed II[2] se montre supérieur à Mésihi par le naturel et par la grâce quand il exalte le pouvoir de la beauté. La nature perd son insensibilité pour le reconnaître, et les fleurs elles-mêmes, dont on est habitué à tant vanter les charmes, sont obligées de s'avouer vaincues. Le jasmin, imitant les anges adorateurs des belles, incline sa tête d'albâtre sur le passage de celle dont le sultan célèbre la beauté, et les églantiers[3], secouant leurs branches flexibles, inondent de leurs corolles, d'un rose délicat, la poussière du chemin.

1. Lucrèce, *De naturâ rerum.*
2. V. la biographie de Mohammed II dans mon *Histoire des poëtes ottomans* (*Rivista europea,* février-mars 1877.)
3. En Turquie, l'églantier n'est nullement proscrit des jardins.

Mais combien de fois les poëtes ont maudit cette puissance qu'ils ont exaltée! Mohammed II lui-même déclare que l'esclave de la beauté, dont le sourire est tellement à craindre, aura, au jour du jugement d'Allah, un sort aussi triste que celui du *giaour*, sans parler des tourments de toute espèce qu'il se prépare dans cette vie. Le souverain surtout doit redouter une fascination qui transforme en êtres épris d'un vil repos les héros eux-mêmes. Il semble que le conquérant de Constantinople apercevait dans le lointain un Sélim II[1] et tant d'autres indignes héritiers de son trône, partageant leur inutile existence entre l'ivresse et la volupté[2], tandis que l'empire de Bayezid le Foudre et de Mourad le Juste[3], tombait en ruine.

Mais les vers mêmes du successeur de Mohammed ne font-ils pas songer à ce profond proverbe allemand : « L'arbre tombe du côté où il pen-

---

1. Son *Divan* ne contient que des pièces d'amour. Il oubliait ainsi la journée de Lépante, si funeste à l'empire des sultans. V. sa biographie dans mon *Histoire des poëtes ottomans (Rivista europea)*.

2. Sélim II identifie ces deux ivresses quand il parle du « vin de la beauté. »

3. V. la biographie de Mourad II dans mon *Histoire des poëtes ottomans.*

che? » On s'attriste en entendant un vaillant
homme de guerre comme Bayezid II [1], chercher,
ainsi que les Gérontes de Molière, les subtiles
raisons qui doivent décider une jeune fille à préférer l'amour d'un vieillard à tout autre. Ovide
lui-même, si rigoureux pour les passions séniles [2],
n'aurait certainement pas voulu voir un poëte
aborder un pareil sujet. Le génie seul de la Grèce,
qui convertissait « tout en or », a pu le faire
avec bonheur, et si Bayezid parle de ses cheveux
blancs d'une manière assez prosaïque, le vieillard
de Théos reste poëte quand il dit qu'on voit
dans les jardins « le lis fleurir avec grâce à côté
de la rose ».

Mais les plaintes de Mohammed comme les
vers de Bayezid jettent un jour très-vif sur
l'histoire des Ottomans. Vaincue comme Cléo-
pâtre [3] ou esclave [4] comme cette femme de Souleïman que nous nommons Roxelane, la fille
d'Ève garde sa puissance. Une boucle de ces

---

1. V. la biographie de Bayezid dans mon *Histoire des
poëtes ottomans.*

2. Turpe senilis amor.

3. L'austère Pascal avoue que l'avenir du monde a été
décidé par la forme de son nez.

4. On sait que le sultan est appelé « le fils de l'esclave ».

cheveux dont Mohammed II maudit le charme,
pèse autant dans la balance des destins que la
lourde épée de Brennus. Combien de preuves en
fournissent les historiens de la Turquie [1]!

Celles qui donnèrent des lois à tant de sultans,
terreur du monde [2], possédaient sans doute tous
les charmes décrits dans une chanson populaire
qu'on répète depuis Babylone jusqu'aux rives
du Danube, et qui peut être considérée comme le
chant d'amour de l'empire ottoman.

« Nulle ne peut t'égaler en beauté ! — La couleur de tes joues ne se fane jamais. — Dans la
noblesse de ta démarche, tu n'as pas de pareille !
— Viens, accorde cette faveur à ton esclave;
va! — Moi aussi je suis un de tes adorateurs.

« Parais en public! déploie les grâces de ta
démarche; — Tes sourcils dessinent un arc, les
boucles de cheveux — Qui tombent sur ton front,
sont le basilic. — Ordonne ce que tu désires. —
Viens, accorde cette faveur à ton esclave. —
Moi aussi je suis un de tes adorateurs. — Ton

1. V. mes *Femmes en Orient* — Les Turques et Hammer, *Geschichte des Osmanischen Reiches.*

2. Sélim II, dans des vers adressés à une femme, lui parle
comme un esclave à son maître.

amour seul me consume. Ah ! ma souveraine,
grâce, grâce ! »

Cette idée d'un amour qui « consume, » qui
« brûle, » qui s'attache à un cœur épris, comme
une robe de Nessus, d'une sorte d'obsession pé-
nible dont on ne parvient pas à se délivrer, est
la note dominante de ces compositions :

« O fille aux yeux languissants, ton amour m'a
brûlé. — Hélas ! poussé par ce sentiment j'erre
tristement sur les monts et dans les vallées. —
Et cependant, tu continues à rester sans pitié
pour moi. — O grâce, grâce, grâce !

« Depuis que je t'ai donné mon cœur, ô bel
astre, — Tu n'as pas répondu une seule fois à
mes désirs. — Viens donc enfin et cesse de me
traiter avec tant de cruauté.

« Chaque coup d'œil que je donne à tes charmes, — Me rend malheureux, ô ma rose. —
J'entends des gémissements amoureux. — Y au-
rait-il un rossignol qui chante [1] ? »

---

1. Le refrain est : « Mon corps est brisé par l'amour que
j'ai pour toi. »— Guatelli, *La Lyre orientale* (en turc).

Les chants populaires recueillis par le Vénitien Donado [1] n'ont point cet accent attristé :

« Quand même notre amour serait connu du monde — Mon cœur sera toujours ton esclave. — Si du Gange ou du Pactole — Les sables si riches m'appartenaient, — En les comparant à mon bien — Je ne les jugerais pas dignes d'un seul regard. — J'admire tellement tes cheveux — Que je n'en donnerais pas un seul pour mille pièces d'or.

« Jardinier, de tes yeux — Chasse le sommeil, voici ton soleil. — Que cet objet si beau, — Précurseur de tes joies, — Chasse de ton âme le chagrin. »

Comme en Occident il se trouve des Gentil-Bernard et des Dorat pour donner à leur enthousiasme une forme alambiquée :

« Du visage rose — De mon bien tant aimé

1. *Della letteratura de' Turchi*. — Venise, 1688. — Donado avait été baile (ambassadeur) de la Sérénissime République à Constantinople. — Les Vénitiens ont eu les premiers le mérite d'appeler l'attention de l'Europe sur la littérature de l'empire ottoman.

— Sortait goutte à goutte — L'eau cristalline de
sa sueur précieuse.

« Surpris, j'admirais, — Quand ma belle, —
Avec un sourire de rose, — En plaisantant : —
La fleur de mes roses — distille la rosée. »

Si de pareils chants ne modifient guère l'idée
qu'on se fait généralement de la poésie amou-
reuse des Ottomans, le gracieux portrait que
Vehbi fait d'une vierge montre qu'ils ne sont pas
incapables de trouver pour peindre l'impression
que produit la jeune fille des couleurs plus déli-
cates. On la voit à l'école écrivant sur l'ardoise,
non sans quelque confusion, tant les jeunes gar-
çons qui la trouvent charmante suivent avec intérêt ses gracieux mouvements. Il est évidemment
grand temps qu'elle pose sur son œil noir (pareil sans doute à celui de Mihri, qui, selon Sati,
avait la splendeur du soleil), un voile sept fois
replié, qu'elle promène ses jolis doigts teints de
henné (le « henné de la grâce », dit Sati) sur
quelque instrument de musique, qu'elle trace des
broderies en fil d'or sur le vélin et qu'elle se
livre à la poésie. La poésie, qui est aux yeux de
l'Ottoman la science des sciences, le poëte étant

comme le faucon royal au milieu des corbeaux [1],
n'est point en effet interdite par l'usage au sexe
féminin. Aussi compte-t-on des filles et des
femmes parmi les poëtes les plus distingués de
l'empire. Il suffit de citer les Mihri, les Zeineb,
les Hébetulla, les Sidki, les Fitnet, les Leïla
khanoum et les Ani. Un distique d'Ani, qui,
comme Fitnet et Leïla, est moins célèbre que
les autres, donnera une idée de la manière dont
elles savent exprimer l'amour. Ani dit qu'en pensant à celui qu'elle aimait, beau mais insensible,
elle a des roses dans les yeux et des lilas dans le
cœur [2].

Le distique d'Ani fait penser aux amours
de Mihri. Mihri a été surnommée la Sapho des
Ottomans, à cause du talent vraiment remarquable qu'elle a montré dans la peinture de
l'amour et d'une certaine ressemblance entre sa
passion malheureuse pour le fils de Sinan-pacha,
qui aurait été pour la *poetessa* [3] du XVIe siècle
un nouveau Phaon. La manière dont les poëtes

1. Sati.

2. Le lilas est une fleur de deuil.

3. La langue française, obéissant à la fameuse loi sali-
que, n'a pas de mots qui correspondent à *poetessa, autrice,*
scrittrice, pittrice, etc.

de son pays peignent l'amour fait souvent songer
à la définition qu'en donnent certains physiologistes modernes, qui le considèrent comme un
état vraiment maladif ; une altération des organes
cérébraux de l'imagination et de la mémoire.
Mihri, quoique sa manière de vivre n'ait pas
prêté à la critique [1] comme celle de l'illustre fille
de Lesbos, quoiqu'elle ait gardé avec fidélité le
collier d'ambre [2], voit dans l'amour moins l'accord des intelligences et des caractères, « ces
nœuds secrets, ces sympathies » dont parlent si
souvent nos poëtes européens, qu'une impression soudaine, violente, irrésistible, le « coup de
foudre » des romanciers contemporains. Cette
impression, non-seulement transforme en idéal
l'être qui la fait naître, mais elle obsède tellement la mémoire qu'elle n'offre plus à la pensée
qu'une seule image. Aussi les plus calmes specta-
cles de la nature, les froids rayons de la lune
qui se jouent autour du lit de Mihri lui montrent
le fantôme adoré qu'elle avait vu resplendir, à
l'aurore, dans les premières lueurs du matin. Si
le morceau de chair qu'on retourne devant la

1. V. Aaschik, *Biographies des poëtes.*
2. Le collier des vierges.

flamme pour le rôtir n'était pas insensible, il
donnerait une idée exacte du supplice d'un cœur
que la passion consume. Mihri se borne donc à
faire un vœu. Elle souhaite que son amant soit
un jour dévoré par la flamme dont elle sent les
ardeurs.

A cet enfer elle oppose le paradis d'un amour
partagé, en remerciant de sa bienveillance et de
son affection le poëte Guvahi, qui, comme Sati,
éprouvait pour elle les sentiments les plus ten-
dres : « Le paradis de l'éternité, dit un des poëtes
les plus célèbres de la Perse, Djami, paraît une
chose méprisable à celui qui habite le jardin délicieux de l'amour. » Telle est bien la pensée de
Mihri. Elle a vécu dans la contemplation de ce
beau songe, dédaignant jusqu'à la fin les hom-
mages de ceux qui lui auraient permis de comparer l'idéal créé par la poésie avec les épreuves
de la réalité.

Mais l'idéal de la *poetessa* d'Amasie serait fort
incomplet aux yeux des penseurs qui croient que
l'amour est un véritable culte, et qu'il peut inspirer l'esprit de sacrifice, essence du sentiment
religieux. Une autre femme, Sidki, âme moins
ardente, mais dont les aspirations étaient plus
élevées, disposée à porter les tendances mysti-

ques [1] dans les sentiments humains, semble
l'avoir compris. Se sacrifier soi-même est pour
elle le point de départ de cette admirable union
des âmes dont elle parle avec un charme délicat
que possèdent quelques écrivains auxquels le
mysticisme a donné une aptitude particulière pour
découvrir les secrets des cœurs et raconter les
mystères de la vie intérieure.

On ne doit pas trop s'étonner de ce qu'une
poetessa chez laquelle on trouve de pareilles tendances assigne à l'amour un rôle considérable
dans la création de l'univers. Il n'est pas seulement comme dans Hésiode un principe cosmogo-
nique, il occupe la place que les traditions hé-
braïques accordent à la Sagesse, première
esquisse du *Logos* divin. De même que la Sagesse assiste Iahveh (Jéhovah) quand il veut créer
le monde, l'Amour prête à Allah sa puissance
créatrice lorsqu'il se décide à faire sortir du
néant les magnificences de l'univers. Après la
création, il reste le souverain de notre monde :

> Qui que tu sois, voici ton maître,
> Il l'est, le fut ou le doit être.

1. Son *Traité des connaissances* appartient à la poésie
mystique.

Aussi Sidki ne craint pas de dire que s'il abandonne un être humain, l'infortuné peut être comparé à un ange banni des cieux.

Ces idées ne sont pas sans analogie avec les théories que George Sand a soutenues dans ses romans les plus originaux. Pour elle l'amour était la puissance absolue, infaillible, céleste, devant laquelle tout, religions, philosophies et sociétés devaient courber le front. Mais Sidki appartient à l'école mystique et n'a jamais été suspecte de socialisme. Du reste Sidki, comme Mihri et Zeineb, n'aurait guère pu écrire une *Indiana* ou une *Valentine*. Restées filles, elles n'ont point eu l'occasion de s'irriter des souffrances de la vie conjugale. La condition de femme mariée, si humble dans la société ottomane, si différente de ce qu'elle est dans une autre société où domine pourtant l'élément turc [1], n'est guère faite, il faut l'avouer, pour attirer les favorites des Muses.

Les poëtes ottomans sont, ainsi que la foule, moins portés à admirer les étrangères que les femmes de leur pays. Fazil loue la grâce des Françaises et leur beauté qui lui rappellent la rose

---

1. L'empire persan. V. le *Voyage en Perse* par Hommaire de Hell.

aux pétales d'argent (la rose blanche). Leurs
costumes, dont elles changent sans cesse, sont
aussi élégants que riches. Mais il ne trouve
nullement conforme à l'ordre de la nature la domination qu'elles exercent sur les hommes, et il
serait porté à croire, comme un militaire allemand, dont l'opinion a eu quelque retentissement,
que le sexe faible, qui a produit les Jeanne
d'Arc et les Jeanne Hachette, est devenu le sexe
fort sur les rives de la Seine et de la Loire. Cette
appréciation fort caractéristique d'un poëte ottoman montre assez avec quelle difficulté les Turcs
s'habitueront à voir leurs femmes se transformer
en Européennes. Fazil s'imagine aussi que les
Françaises ont la fécondité des femmes de
race germanique et de race slave, et qu'elles
donnent ainsi un accroissement effrayant à une
race maudite, — le poëte vivait au temps de
première révolution, — acharnée à se détruire de
ses propres mains et poursuivant sans cesse la
réalisation de projets insensés [1]. Nabi ne con-
seille pas à son fils d'épouser une fille de cette

---

[1]. Le poëte ottoman s'accorde avec un des plus sincères
républicains français, qui disait, à la fin du xviiie siècle :
« La Révolution a commis plus de crimes en six mois que
l'empire ottoman en un siècle. »

France contre laquelle le poëte Sourouri a lancé
tant d'invectives, mais il exclut également les
Hongroises et les Allemandes, qui ignorent,
comme les Françaises, la loi du Prophète. Contre
les femmes russes il a d'autres motifs d'antipathie. Elles appartiennent, dit-il, à un peuple
fourbe et traître, qui est l'ennemi acharné de
l'empire. Les filles du Caucase, élevées au milieu
des agitations guerrières, n'ont pas cette humeur
pacifique qui peut seule enchaîner un époux.
L'horrible négresse ne peut plaire qu'à des insensés qui préfèrent l'étrangeté à la grâce. Nabi se
prononce enfin pour la douce Géorgienne, dont
le cœur est bon, l'esprit droit et le caractère
franc. Cette préférence a la même portée que les
reproches adressés par Fazil aux Françaises.
L'Ottoman, qui a contracté avec le temps des
goûts si différents de ses aïeux dont la bravoure
faisait trembler l'Europe, a mis ses idées en
harmonie avec ses goûts. Déjà le bon Nabi, contemporain de Mohammed IV, parle à son fils
d'un ton qui rappelle parfois les axiomes d'un
Prudhomme occidental. Il redoute pour lui les
tempêtes qui troublent si souvent la vie conjugale,
et la docilité est la qualité qui lui semble la plus
importante chez la femme. La nullité l'effraye

visiblement bien moins qu'une personnalité un
peu décidée. Quand les nations, amollies par le
bien-être vulgaire, n'ont plus d'autre idéal, elles
prennent l'habitude de tout sacrifier à leur repos;
et pour l'avoir dans l'état comme dans la famille,
la dignité, la liberté et même l'indépendance des
individus sont assez facilement sacrifiées. On retourne la fameuse maxime et l'on préfère « une
paisible servitude à une liberté périlleuse ». En
pareil cas, les femmes de Sparte elles-mêmes
auraient été exposées à voir « la fumée du camp
de l'étranger », quand leurs aïeules n'avaient pas
pensé que le plus grand des monarques, « le roi
des rois » pût leur faire subir une pareille honte.

Les femmes et l'amour ne jouent pas un rôle
moins important dans les contes que dans les
chansons. L'imagination du peuple se plaît dans
les récits du conteur, distraction fort appréciée
des habitants de l'Altaï et du Turkestan, et qui
va mieux encore aux goûts maintenant séden-
taires de l'Ottoman. Le nomade a, en effet, pris
des habitudes bourgeoises. Il n'aime point la
chasse et fort peu la promenade. Il fumera volontiers au grand air, assis sur son petit tapis ou
dans un café, en prêtant l'oreille aux récits rem-
plis d'épisodes et d'aventures, que le *meddah* dé-

bite dans les cafés et dont les contes de Zadé,
précepteur de Mourad II, donnent une idée. Quoique la forme n'ait rien de poétique, la fantaisie
s'y révèle assez pour qu'on en dût tenir compte
si l'imagination populaire n'avait pas été asservie
à la littérature arabe comme dans les fables elle
l'est à celle de l'Inde [1].

1. Les *Quarante vizirs* (Publiés par Belletête, Paris,
1812) sont plutôt des traductions que des œuvres origi-
nales. — Il existe pourtant un certain nombre de contes
turcs originaux. Tels sont les *Aventures de Sajjid Batthal*,
roman guerrier de la fin du xive siècle, traduit en allemand
par le Dr Hermann Ethé (Leipzig, 1871). V. l'article de
M. Ralston dans le *Contemporary* de mars 1877.

CHAPITRE XI

LES MORALISTES

 USQU'A présent nous avons vu
les mystiques et les épicuriens
se disputer les intelligences qui
sont comme la droite et la gauche
parmi les moralistes, sans parler
de l'extrême droite, les fanatiques,
et de l'extrême gauche, les débauchés. Mais il y
a dans tous les pays des gens dont la devise est
que la vertu est dans le juste milieu, « *in medio
stat virtus* ». Ils n'ont pas manqué de prendre de
l'importance en Turquie dès que les circonstances
sont devenues favorables. Là comme ailleurs l'ardeur religieuse, en se calmant de plus en plus,
est facilement remplacée par une morale dont la

principale préoccupation semble être d'éviter les
extrêmes, une morale que nous nommerions bour-
geoise. Ce mot, du reste, convient mieux à l'empire ottoman qu'on ne serait tenté de le croire.
Si l'on excepte quelques provinces, par exemple,
la rude Bosnie, et la vaillante Albanie, où les
conquérants n'ont pu déraciner l'esprit aris-
tocratique, la Turquie jouit de l'égalité la plus
complète sous un maître absolu. A mesure que
s'éteignaient les familles qui avaient joué un rôle
important dans la conquête et que le caprice des
sultans appelait aux plus hautes fonctions des
hommes sortis de l'obscurité, cette égalité devenait de plus en plus la règle d'une société où
tendaient à disparaître, avec les aspirations har-
dies du mysticisme, les passions belliqueuses des
jours de luttes et de batailles.

On serait porté à croire que le mahométisme
ne se prêtait nullement au développement d'une
morale philosophique, puisqu'il a pour base le
fatalisme. Mais, pour ne citer qu'un exemple,
nous avons vu en Europe les écoles protestantes
du XVIᵉ siècle, qui regardaient le « serf arbitre »
et la prédestination absolue comme la vraie doctrine de saint Paul, donner à la morale une importance hors ligne. Il n'est pas nécessaire d'exa-

miner ici les motifs qu'on a mis en avant pour
rendre raison de théories si difficiles à concilier[1].
La foule ne se préoccupe nulle part de ces difficultés. Cantimir déclare que toutes les fois qu'il
a essayé d'appeler sur ce sujet l'attention d'un
Ottoman, il a pu se convaincre qu'il était aussi
attaché au libre arbitre qu'à la prédestination
absolue. La liberté morale existe, — disent naïvement les Turcs, « afin que les infidèles et les
Mahométans qui ne sont pas de bons musulmans n'aient pas de quoi s'excuser au jugement
dernier[2]. »

Cette idée de jugement dernier exerce autant
d'influence sur la manière d'agir des Turcs que
sur leurs opinions. Un ornement du grand règne
de Souleïman Ier, le plus célèbre de ceux qui ont
été chargés des hautes fonctions de *scheik-ul-
islam*, Abou-Sououd, surnommé la Colonne, déclare dans ses vers que le jour de la mort devrait
être considéré comme le plus heureux de tous,
s'il n'était pas suivi du jugement. Ces vers donnent une idée du peu d'attachement que ce moraliste austère avait pour la vie et pour un monde

1. V. A. de Gasparin, *Luther.*
2. Cantimir, *Histoire de l'empire ottoman*, trad. Jonc-
quières, t. II, p. 124.

où tout passe si promptement : « Tout ce que
l'on confie au papier du monde, disait-il, s'efface à l'instant même. »

· Mais tous les moralistes ne maudissent pas le
monde. Il en est qui, sans se préoccuper beaucoup
de ses tendances, s'en arrangent, cherchent à se
préserver des luttes dont il est le théâtre et à s'y
faire une position tolérable, sans pourtant sacrifier leur conscience et leur honneur à ses fantaisies et à ses préjugés. Guvahi est un de ces
moralistes, et si ses théories, comme on a des
raisons de le croire, étaient déjà goûtées des
sujets de Sélim Ier, son imitation du *Livre des
Conseils* du poëte persan Attar a eu encore plus
de vogue quand la société ottomane a cessé d'o-
béir à l'esprit enthousiaste qui anime les nations
jeunes et audacieuses.

On voit que le poëte se rend parfaitement
compte du caractère et des tendances des déposi-
taires de l'autorité sous un gouvernement auto-
cratique. Mais impuissant à changer cet état de
choses et même à en comprendre un autre, il
cherche à en souffrir le moins possible. Il con-
seille d'éviter ceux vers lesquels la foule se tourne
constamment avec tant d'imprudence, sachant
qu'on doit en attendre plus de vexations que de

bons traitements. Au lieu de se bercer des vaines
espérances que produit la dangereuse protec-
tion des puissants, il faut compter plutôt sur son
activité personnelle, sur sa résolution, sur les
dispositions d'un monde qui ne résiste guère à
ceux qui sont assez décidés pour faire reconnaître
leur valeur. Mais les hommes les plus intelligents
et les plus actifs échoueraient certainement dans
toutes leurs entreprises s'ils ne savaient pas se
taire. Les Européens ont été souvent frappés de
la taciturnité des Ottomans. Ce qui peut être
de nos jours le résultat de la pesanteur d'esprit,
a été longtemps un calcul et une règle admise
par tous les sages. Le loup qui hurle, selon
Guvahi, se livre au chasseur, le prudent renard
échappe à tous les piéges. La modestie et la
simplicité ne sont pas moins nécessaires que le
silence. Les rêves de grandeur exposent à bien
des chutes, et le luxe dans les vêtements est plus
fait pour une femme que pour un homme, dont la
destinée est de briller par le caractère. On doit
regarder comme la plus belle parure des serviteurs
vivant dans une maison bien gouvernée, où l'in-
digent trouve la part que tout adorateur d'Allah
est obligé de lui faire.

Kémal, *scheik-ul-islam*, sous le règne de

Sélim Ier, donne des conseils qui ont de l'analogie
avec ceux de Guvahi. Dans ses vers il recom-
mande la modestie avec instance. Il pense que
celui qui exprime son opinion sans avoir l'air de
vouloir l'imposer est plus sûr d'être écouté et
d'acquérir de l'influence. On ne doit pas se bor-
ner à plaire. Si l'on est vraiment sévère pour
ses défauts, on montrera une constante indulgence pour ceux des autres. Kémal va plus loin
encore : il veut qu'à l'indulgence s'ajoute une
bienveillance réelle. Il ne faut point, dit-il spiri-
tuellement, planter d'épines dans le jardin des
autres, mais des grenadiers riches en beaux
fruits. Si l'esprit religieux est plus en relief dans
ces conseils, il ne parvient jamais à triompher de
la défiance. Il faut absolument cacher ses pensées et ses projets, même à ceux avec lesquels on
vit. Misri, un poëte d'Amasie [1], insiste sur cette
recommandation, dont tous ceux qui ont vu les
États privés de liberté sentiront la portée. L'homme
sage, dit-il, sait se taire, mais l'insensé n'y parvient jamais. Vous direz qu'on peut trouver un
confident discret. Mais pourquoi saurait-il garder le silence, si vous lui montrez que vous en

---

1. Il ne faut pas le confondre avec le *scheik* de Brousse.

êtes incapable vous-même ? Vous ajouterez qu'il
s'agit d'un ami qui rougirait de la pensée d'une
trahison. Mais pouvons-nous avoir un meilleur
ami que nous-mêmes !

On est étonné de trouver si loin de la froide
Néerlande et au temps de Sélim le Féroce une
poésie qui ressemble tellement à celle de Cats,
« le père Cats », cette seconde Bible de l'honnête
et laborieuse Hollande ! La source de cette morale est la même. Elle a pour point de départ
les traditions sémitiques que nous trouvons dans
les livres sacrés des Juifs. L'aumône y joue le
même rôle et cette « part faite au pauvre » doit,
ainsi que les tendances égalitaires et antithéo-
cratiques du Koran, contribuer à la rapide pro-
pagation de l'Islam dans un pays comme l'Inde,
qui a supporté depuis des siècles les abus les plus
criants du régime des castes, base de la théocratie brahmanique. Aussi la *Pall Mall Gazette*
disait en 1876 que, d'après le recensement
général de 1871-1872, le nombre des Musulmans
des territoires anglais s'élevait au chiffre énorme
de 40,882,537, et à 20 millions dans les États
gouvernés encore par les *rajahs*[1].

1. Le Bengale seul en a 20 millions. Dans certains dis-

Au temps de Guvahi et de Kémal, aucun Ottoman ne prévoyait que l'Islam perdrait du terrain en Europe et serait obligé de tenter ailleurs des conquêtes, pas plus qu'à l'époque de Thomas d'Aquin on ne pensait que le catholicisme, vaincu au nord et au centre de notre continent, essayerait de conquérir la Chine et le Japon. Dans ces siècles de sécurité, il n'est pas nécessaire d'armer la morale des traits de la satire. Mais sous Mourad IV les esprits sagaces comme Néfii commençaient à penser que tout n'était pas pour le mieux dans le meilleur des empires possibles. Toutefois Néfii n'est ni un Perse ni un Juvénal. Il ne se contente pas de cribler de ses traits ceux de ses compatriotes dont les tendances lui déplaisent. Comme Horace et Boileau dans leurs Epîtres, il leur enseigne la morale qui lui semble la meilleure.

Cette morale n'est ni mystique ni cynique. Néfii, on le voit assez, n'a pas plus de sympa-

tricts ils forment 80 pour cent de la population. « On ne saurait douter, ajoute la feuille anglaise, que les Mahométans se sont multipliés au milieu des Hindous, et sous nos lois, avec plus de rapidité qu'ils ne le firent pendant le temps de leur suprématie. Ce qu'il y a de plus remarquable, c'est qu'il n'y a en tout que 896,658 chrétiens dans notre empire indien. »

thie pour le bigot que pour le débauché. Choqué
de l'orgueil pharisaïque, il recommande fortement, même aux plus grands esprits, la modestie
qui convient si bien à notre savoir borné. Irrité
de l'apathie et de l'insouciance abjecte du débauché, il veut qu'on gouverne ses passions au lieu
d'obéir en esclave à l'aveugle instinct. Il songe
en donnant ces conseils autant à l'avenir qu'au
présent. En conservant toute son énergie, en
vivant comme un homme qui cherche moins à
s'élever qu'à devenir meilleur, on se préparera à
supporter l'adversité. Ces moralistes ont perpétuellement devant les yeux la cruelle instabilité
de toute chose sous le sceptre des despotes. Mais
chacun suit la pente de son caractère. Celui qui
comme Guvahi veut vivre en paix, même dans
les temps les plus difficiles, recommande de se
tenir à distance de la sphère des orages. Celui
qui ne veut pas se taire et dire, ainsi que Néfii,
tout ce qu'il pense des hommes et des choses,
doit se préparer à toutes les épreuves, sans
excepter une mort tragique.

Le grand vizir Raghib semble être le dernier
représentant éminent de la poésie morale comme
il est le plus brillant élève de cette école. Au
temps de Néfii on pouvait croire que les épreu-

ves de l'empire étaient passagères. Quand
Osman III et Moustapha III occupaient le trône
de Stamboul, il était bien plus difficile d'envisager l'avenir avec confiance. Les chrétiens, si
longtemps vaincus et dédaignés, semblaient, au
XVIIIe siècle, moins indignes d'être imités. « Le
prince des poëtes et le président des vizirs », qui
sut conserver le pouvoir sous deux sultans,
commence à comprendre que si la Turquie veut
résister à ses ennemis, il est temps qu'elle se
réforme [1]. Les conseils que Raghib donne à ses
contemporains prouvent qu'il aurait voulu d'abord
réformer les individus. Aussi il leur recommande,
comme Néfii, de renoncer aux projets chiméri-
ques, pareils à la recherche de « l'eau d'immortalité ». Il s'efforce aussi de les préserver de
l'illusion si puissante chez les peuples du Midi,
qui placent volontiers la grandeur dans le pouvoir et les richesses. Comme La Bruyère, Raghib sait fort bien que la vraie grandeur est complétement indépendante des dignités. Un diamant
peut-il ajouter quelque chose à l'éclat d'une
lampe ? Quand on apprend à se connaître soi-

---

1. Mais Raghib n'avait ni la sincérité ni l'énergie des
véritables réformateurs. — V. sa biographie dans mon *Histoire des poëtes ottomans*.

même et à connaître le monde, il n'est pas difficile de se préserver des puérilités de la vanité.
On sait que l'homme est, sans le secours d'Allah,
avec lequel on peut tout, condamné à l'impuissance, et que s'il permet qu'un peu de gloire
brille sur le front d'un mortel, l'envie lui fera
payer cette gloire bien cher.

Mais tous les conseils devaient rester stériles.
La poésie meurt avec Raghib, qui descend dans
la tombe sans avoir recommencé l'œuvre des
célèbres réformateurs albanais du xviie siècle,
les Kœprili[1]. Tout en conservant la résolution
qui brave la mort sur les champs de bataille,
l'Ottoman, de plus en plus avide d'honneurs et
d'argent, perdait le courage civil sans lequel les
États musulmans ne peuvent pas plus subsister
que les États chrétiens. En outre, il cédait de
plus en plus aux perfides conseils de cette maladie des vieillards et des vieux peuples que Voltaire a nommée « pococurantisme, » maladie qui
rendait fort difficile une transformation de l'éducation et de l'instruction.

1. Voy. mon *Histoire des poëtes ottomans.* — Le
xviie siècle *(Rivista europea).*

CHAPITRE XII

L'ÉDUCATION ET L'INSTRUCTION

E XVIIIᵉ siècle, qui a été un temps de décadence pour toute l'Europe méridionale[1], a été funeste à l'empire ottoman[2]. La ruine des études et une éducation contraire à tous les principes consacrés par l'expérience et le bon sens préparèrent les catastrophes politiques et les rendirent inévitables. Aujourd'hui les Turcs constatent à leurs dépens la vérité du fait capital que le *Times*

---

[1]. V. les curieux mémoires de la marquise d'Aulnoy sur l'Espagne de la fin du XVIIᵉ siècle.

[2]. V. mon *Histoire des poëtes ottomans*. — La décadence (*Rivista europea*, février-mars 1877).

rappelait à ses lecteurs en 1876. « *Le développement intellectuel est une chose héréditaire,* et
le cerveau turc est resté inculte pendant trop
de générations pour ne pas être distancé par des
esprits chez lesquels une certaine culture au
moins pratique n'a jamais été interrompue. »

Dans les États despotiques, le souverain est
naturellement l'idéal sur lequel tous essayent de
se régler. Or le 31 mars 1876, Constantinople
célébrait les funérailles solennelles du « très-
fortuné, très-puissant, très-miséricordieux »
Soulha-aga, premier eunuque du harem impérial[1]. Cet important personnage ne cédait le pas
qu'au grand vizir, et il avait, dans ce pays
appauvri et endetté, 180,000 francs d'appointe-
ments. Son successeur a reçu le grand cordon
de l'ordre suprême de l'Osmanié. Faut-il s'étonner que les princes élevés dans de telles mains,
les Abdoul-Medjid, les Abdoul-Azis, les Mourad V, laissent sans vergogne tomber en ruine
le trône élevé par leurs vaillants aïeux?

Dans chaque famille distinguée, l'eunuque est

---

1. La honteuse institution de l'eunuchisme est une conséquence de la condition des femmes. De cette condition dé-
pend, — vérité qu'on commence à comprendre, — l'avenir
des nations.

le premier ministre (on sait quel était déjà son pouvoir sous les autocrates byzantins). Chargé des femmes, des esclaves, des enfants, il donne aux classes supérieures l'étrange éducation dont les résultats frappent maintenant les yeux les plus distraits. L'état de l'instruction n'est guère plus satisfaisant.

Lorsqu'il s'agit de se faire une idée de la civilisation des peuples musulmans, on est perpétuellement porté à confondre le présent avec le passé. En agissant de cette façon on tombe dans la même erreur que celui qui voudrait se faire une idée du Brahmanisme en étudiant l'Inde contemporaine et qui s'imaginerait qu'elle est la même qu'à l'époque où Valmîkî chantait les exploits de Râma. Les Arabes, les Persans et les Turcs ont certainement connu des jours fort différents du temps présent. L'Arabie de Hariri, la Perse de Firdousi, la Turquie de Baki ont eu leurs siècles de gloire [1]. La science, dont une maxime orientale a dit « qu'elle élève les empires », a été cultivée avec succès dans des écoles aujourd'hui stériles. Les politiques se trompent

---

1. V. dans mon *Histoire des poètes ottomans*, la poésie dans la période des conquêtes et l'âge d'or.

généralement en cherchant dans des causes pure-
rement extérieures les motifs de la décadence
des peuples. Sans doute les circonstances peuvent précipiter la ruine des États comme celle
des individus, et il est des situations où l'énergie
et l'intelligence sont complétement paralysées par
la puissance des événements. Mais dans les con-
jonctures ordinaires, le mal est surtout intérieur,
et la vie est à peu près éteinte, quand l'ennemi
vient frapper à la porte de cités jadis impre-
nables, mais qui ont cessé d'être habitées par
des hommes. Lorsque l'épée de l'Islam faisait
trembler l'Europe, au temps où la brillante civilisation gréco-romaine semblait avoir péri pour
toujours, les soldats victorieux du Prophète répé-
taient un axiome qu'ils considéraient comme une
tradition authentique de ses enseignements :
« L'encre des docteurs a le même prix que le
sang des martyrs. » A cette époque un seigneur
féodal était fier de déclarer qu'en sa qualité de
gentilhomme il ne savait pas signer son nom !
Comme les Romains, les Arabes avaient pris les
Hellènes pour maîtres. Ils ont traduit avec ardeur les chefs-d'œuvre de la Grèce ; ils ont, pendant la sombre nuit qui a couvert l'Europe, conservé le trésor de la science hellénique jusqu'au

jour où la Renaissance devait réveiller glorieuse-
ment dans le monde occidental l'esprit de temps
meilleurs. Leurs poëtes attestent ainsi que leurs
savants combien la science a été populaire parmi
eux jusqu'au jour où, leur tâche acccomplie, ils
ont laissé la scène du monde à de plus actifs ou-
vriers[1].

On a peine à se figurer que les Ottomans,
malgré leur penchant à prendre leurs idées aux
Arabes, aient pu goûter les principes qui ont élevé
l'Arabie si haut. Cependant les faits ne laissent
prise à aucun doute. Mohammed II, Souleïman Ier,
Bayezid II, étaient des souverains beaucoup plus lettrés que ceux qui occupent aujourd'hui les trônes
du monde chrétien et ils ont laissé un nom dans la
littérature ottomane. Les poëtes, écho des convictions de la foule, montrent que les sujets pen-
saient comme leurs princes : « Aussitôt que je
vois un homme savant, dit un poëte ottoman, je
souhaite de me jeter à ses pieds et d'en baiser
la poussière. » Il faut avouer que cette admiration était souvent mise à de rudes épreuves. En
effet, Lamii rapporte dans un de ses écrits[2], des

1. V. Sédillot, *Histoire des Arabes.*
2. *Defter allathaïf,* livre de bons mots. — Mélange de
vers et de prose.

vers qui ne donnent qu'une assez médiocre idée
des lettrés. Ces vers affirment que « les gens de
lettres se sont rendus méprisables par leur avarice » et « qu'ils ne s'assemblent jamais que pour
se faire valoir ou pour décrier les autres ». Mais
Trissotin et Vadius, si bien peints par Molière,
n'étaient-ils pas des portraits de poëtes du siècle
de Louis XIV? Quoi qu'il en soit de la valeur des
épigrammes contre ceux qui cultivent la littérature, les travers des individus n'ont joué qu'un
rôle secondaire dans la ruine des études. Si l'on
en croit l'auteur du *Raoudh al akhiar* (le jardin
des gens de bien), on est convaincu depuis longtemps parmi les musulmans que Mohammed aurait prédit que son peuple périrait par le triomphe de l'ignorance, par l'avarice, c'est-à-dire par
le défaut de lumières et la prédominance des
passions égoïstes. Arabes, Persans et Turcs ont
cependant redouté longtemps les dangers de l'i-
gnorance, puisqu'ils employaient le ridicule et
le raisonnement pour en faire comprendre à leurs
compatriotes les inconvénients et les périls. Un
Persan dit que le portier d'un ignorant peut répondre à ceux qui demandent son maître : « Il n'y
a personne à la maison. » Lamii, dont l'influence
a été si grande dans l'empire ottoman, n'épargne

pas davantage les ignorants : « Si un ignorant, dit-il, reconnaît en lui une seule vertu, il croit en avoir cent, et s'il a d'ailleurs mille imperfections, il n'en aperçoit aucune. Lorsqu'il considère quelque excellent homme, s'il remarque en lui quelque défaut, il lui semble qu'il en a mille [1]. » Ce poëte spirituel, parlant des plaintes d'un ignorant qui avait logé chez lui un lettré, s'écrie : « Les rochers attestent par leurs échos que les airs d'une voix agréable les touchent. Les tulipes et les roses se déchirent au gazouillement des oiseaux. Les chameaux eux-mêmes se réjouissent des chansons de leur chamelier. Il faut être plus dur qu'une pierre, et plus abruti qu'un animal pour demeurer insensible à la poésie et à la musique. »

Au XVIIe siècle, ces traditions avaient encore conservé une puissance réelle. Nabi a composé alors sur les études de son fils des vers qui contiennent de curieux renseignements sur la manière dont un esprit cultivé de cette époque comprenait le difficile problème de l'instruction [2].

Nous nous figurons volontiers que les conqué-

---

1. *Livre de bons mots.*

2. On doit à M. Pavet de Courteille une traduction des *Conseils* de Nabi (Paris, 1857).

rants de l'empire byzantin avaient les mêmes
idées que les vainqueurs des empereurs d'Occident, restés si longtemps et si honteusement il-
lettrés. Mais dans toute religion où la règle de
foi est un livre et non l'autorité d'une église, un
certain degré d'instruction est nécessaire. Le nom
même des *oulémas* (savants), qui sont moins une
corporation sacerdotale qu'une classe de lettrés,
fait assez comprendre que la science n'était point
réduite à une tâche trop modeste. Pourquoi
aurait-on senti la nécessité de prêcher à l'esprit
humain sa faiblesse dans un système religieux
qui n'admet point de mystères? Cette absence
de mystères oblige nécessairement à envisager la
vie d'une façon particulière. Ainsi Nabi regarde
le travail comme l'accomplissement d'une loi
d'Allah. Évidemment cette loi ne saurait être un
châtiment comme dans la doctrine qui admet la
déchéance primitive; elle est, au contraire, une
règle salutaire faite pour le bonheur aussi bien
que pour le salut de l'homme. Parmi tous les
genres de travaux dont l'homme est capable, il
n'en est pas de plus noble que l'étude, qui élève
l'intelligence, rend la vie honorable, préserve
des maux sans nombre qui sont le cortége de
l'ennui. Comme un poëte romain, Nabi constate

qu'elle adoucit les mœurs ; comme le plus grand
orateur de Rome, il affirme qu'elle est la vraie con-
solation des sombres années de la vieillesse, temps
où toutes les satisfactions de la vie semblent, en
abandonnant celui qui s'incline vers la tombe, le
livrer à l'isolement et à la tristesse. Il oppose
au tableau des avantages de l'étude la déplorable condition de l'ignorant, que ses grossiers
plaisirs ne parviennent pas à soustraire à l'ennui,
à la satiété et au dégoût même de l'existence.

Un Musulman doit commencer par étudier le
Koran et par apprendre l'arabe, langue dans laquelle le saint livre est écrit. Quand on sait combien est riche la littérature arabe, on comprend
quelle heureuse influence devait avoir l'étude de
cette langue. Les Ottomans studieux apprenaient
aussi le persan, langue dans laquelle ont été
écrites tant d'œuvres remarquables [1].

Il faut joindre à la connaissance du Koran
l'étude de la jurisprudence qui en dérive, comme
chez les Juifs elle avait pour base le *Pentateuque*.
Par là Nabi entend sans doute les quatre grands

1. Il suffit pour s'en convaincre de lire les savants ouvrages qu'un érudit autrichien, le baron de Hammer, a fait
paraître sur l'histoire des belles-lettres en Perse (Vienne,
1818) et sur la littérature arabe (Vienne, 1850-57).

commentateurs sunnites, qui ont tiré du livre
sacré la législation ottomane. Il semblerait au
premier coup d'œil que tant de commentaires ne
sont pas nécessaires pour l'explication d'une loi.
« Mais la pensée humaine, dit M. Vacherot [1], a
prise sur les textes les plus précis. » Il suffit de
savoir quelle différence existe entre la manière
dont un Français, un Anglais et un Hellène ex-
pliquent la législation évangélique du divorce
pour se rendre compte du peu d'accord qui existe
dans l'interprétation de la loi donnée par Ma-
hommed à ses disciples. Quoi qu'il en soit de la
valeur des commentaires, Nabi pensant que « qui
terre a, guerre a », recommande à son fils l'étude
de la jurisprudence; parce qu'elle est le meilleur
moyen pour confondre l'audace des fourbes et
pour défendre les honnêtes gens. Ce poëte est un
moraliste pratique qui peint la vie et les hommes
tels qu'ils sont sans essayer de les idéaliser. Si
l'étude recommandée par Nabi pouvait rendre
des services aux individus, elle devait être fort
nuisible à la société ottomane. Toute loi qui a
pour principe un texte regardé comme révélé
sera toujours une sorte de droit canonique, inca-

---

1. *Histoire de l'école d'Alexandrie.*

pable de développement. Si le droit romain est
tellement supérieur au droit musulman, il faut
l'attribuer à son caractère de « raison écrite ».

La logique est aussi fort nécessaire, dit notre
poëte; car la rectitude des jugements influe sur
la droiture des actions, et celui qui apprend à
saisir les côtés faibles d'un sophisme est plus capable qu'un autre de trouver la bonne voie dans
la confuse mêlée où s'agitent, aveuglées par l'erreur, ou dominées par les passions, les existences
humaines. La logique d'Aristote et celle du célèbre médecin arabe Abou–Ibn–Sina (Avicenne)
étaient celles dont se servaient les contemporains
de Nabi. On sait que sous Napoléon III la logique était devenue aussi fort à la mode, et un
cours de logique avait remplacé dans les colléges
les cours de philosophie devenus suspects à l'orthodoxie impériale. Même en Turquie, toute
philosophie ne serait pas admise sans difficulté,
et le poëte Gazali, dans le *Préservatif des erreurs,*
se montre aussi défiant que les ministres chargés
par l'empereur des Français de diriger l'opinion
publique. Il est facile de dire du mal de la philosophie. Mais les peuples qui ont exercé une
influence exceptionnelle sur notre espèce, les
Hindous, les Grecs, les Allemands, ont eu au

plus haut degré le génie philosophique. Privée
de ce génie, la famille turque était comme
d'autres nécessairement condamnée, malgré ses
victoires, à un rôle secondaire.

Pour la physique et l'histoire naturelle n'existent pas les mêmes inquiétudes que pour la philosophie. Elles semblent à Nabi propres à élever
l'intelligence, en faisant connaître les lois qui
gouvernent notre globe et les êtres qu'il nourrit.
Aristote et Pline, qu'ils avaient traduits et dont
l'autorité restait subordonnée à celle de la révé-
lation[1], étaient alors les guides des Ottomans.
Longtemps l'Europe n'a pas eu d'autres maîtres.
Mais quand elle a vu naître les créateurs de la
science moderne, elle n'a pas tardé à laisser très-
loin derrière elle les nations musulmanes, restées
étrangères au mouvement gigantesque qui tend
à assurer à l'esprit la domination de la nature.
Malgré le double sens du mot *vates*, Nabi n'est
point prophète, et il est clair qu'il n'a nullement
deviné le rôle sans égal réservé à la science.
Pour lui, comme pour les autres poëtes de son

---

1. Cantimir dit que son professeur de turc, très-savant
homme et bon astronome, lui dit qu'il ne tenait nul compte
des lois de l'astronomie dans un cas où elles étaient incon-
ciliables avec un miracle attribué à Mohammed.

pays, la poésie est le sommet des connaissances
que l'homme peut atteindre, et à ses yeux rien
en ce bas monde ne peut être comparé à l'écrivain qui fait des vers, idée qu'il ne serait pas
difficile de retrouver chez plus d'un poëte français du xixe siècle, par exemple, chez Alfred de
Vigny, qui n'a pas emporté sa théorie dans la
tombe.

Cette illusion a souvent pour point de départ
chez les individus, comme chez les peuples, une
médiocre aptitude scientifique, tempérament intellectuel dont les inconvénients seront de plus en
plus graves pour certaines races à mesure que la
science prendra la direction du monde civilisé,
de la guerre comme de l'agriculture, de l'indus-
trie comme de l'administration. Don Quichotte
quand, furieux, il jette à l'eau les armes à feu,
agit comme un vrai chevalier, qui n'entend pas
que la vie des braves dépende de pareilles inventions. Mais toutes ces protestations ne sauraient
maintenant empêcher la science de décider du
sort des batailles et du destin des peuples. Dans
une pareille situation, les Ottomans doivent s'ef-
frayer en voyant que dans les études qui exigent
la faculté d'abstraction, leur jeunesse se heurte
si facilement aux éléments mêmes. S'ils ont quel-

que goût pour les travaux mécaniques, ils sont incapables de cet effort et de cette suite qui peuvent seuls produire un mécanicien habile et actif. Chez eux la serrurerie, la charpenterie, la menuiserie, la maçonnerie, etc., sont au plus bas degré. L'indolence et la paresse, mère de tous les vices, l'amour du jeu, la saleté[1], la mendicité, engendrent « la débauche de la pire espèce[2] ».

On sait que nous devons aux poëtes satiriques, comme aux auteurs d'épigrammes, les plus curieux détails sur la décadence de l'empire romain. Les détails ne manquent pas non plus dans la poésie ottomane.

1, On sait que dans les villes turques des bandes de chiens semblent chargées de la voirie, au grand détriment de la santé publique.

2, Impressions mêmes du *Times* de 1876, qui regarde les Ottomans comme incapables de s'initier efficacement aux sciences modernes,

CHAPITRE XIII

LA SATIRE ET L'ÉPIGRAMME

NE période d'enthousiasme se trouve aussi chez les Ottomans. Les âmes sont remplies par la passion des conquêtes, passion correspondant au besoin de détruire, qui est malheureusement un des instincts de l'humanité. Les sultans considérés comme chefs militaires ont en général les qualités nécessaires pour une pareille fonction. Leur autorité a sans doute le caractère arbitraire qu'ont les gouvernements nés dans les camps, mais elle en a devant l'ennemi — et la guerre sainte y place constamment les Ottomans — de nombreux avantages. Dans de pareilles circonstances, un

peuple appartenant à une race essentiellement
docile ne pouvait avoir un grand penchant
pour la satire. Quelque trait, assez inoffensif,
lancé par un poëte spirituel, suffisait amplement
à l'esprit critique. Telle est l'épigramme de
Lali contre l'influence de la poésie persane. Ce
poëte avait été pris pour un fils de l'Iran et
accepté en cette qualité à la cour de Mohammed II. Il fut éloigné aussitôt qu'on connut sa
véritable origine. Il se vengea en faisant cette
épigramme : « Pour être bien reçu tu dois venir
de l'étranger ; le diamant est sans prix tant qu'il
est caché dans la mine ; l'or n'a de valeur qu'of-
fert par Osman. Rappelle-toi bien ce proverbe :
Le cierge qui projette la lumière reste lui-même
obscur dans son intérieur. Si tu cherches le génie
dans l'homme, ne t'inquiète pas de quel pays il
sort. Il en est de l'âme comme de la pierre précieuse, leur grossière enveloppe n'altère pas leur
beauté. Que des Persans accourent vers le pays
de Roum, la gloire les attend. Que des Persans
viennent à la cour du sultan, ils seront faits
sandjacks et vizirs. »

Le peuple trouvait bien quelque occasion d'im-
proviser une épigramme pour tourner en ridicule un grand personnage ou pour manifester

l'antipathie inspirée par un abus. On raconte qu'un jour un Serbe renégat, qui devint le gendre et le général de Bayezid II, Ahmed-pacha, fils de saint Savas, entra dans un bain public entouré de plusieurs beaux esclaves. Des jeunes gens qui se trouvaient là improvisèrent ces deux vers : « Le ciel est maintenant bien déshonoré, — puisque les anges sont obligés de servir le Diable. » Le pacha, qui était bon poëte, répondit par les vers suivants : « Le ciel était aveugle, et il est maintenant devenu sourd : — car il n'est plus resté de muets dans ce monde depuis que chacun se mêle de faire des vers. » Mais à une époque où les sultans et leurs généraux faisaient trembler l'Europe, ils n'étaient guère exposés aux traits satiriques d'une nation qui, comme tous les Asiatiques, voit dans les triomphes de la force l'expression la moins douteuse des volontés de la Providence. Dans les États absolus, la satire commence d'abord à s'attaquer à la justice, parce que ses vices ne peuvent pas se dissimuler sous l'appareil pompeux des succès militaires. Un général heureux, qui foule aux pieds tous les droits, semble à la multitude complétement dans son rôle. Elle est plus difficile pour le magistrat, parce que tous ses défauts ne semblent pas excusés par sa profession, et que les vainqueurs en souffrent presque autant que les vaincus. Aussi on constate que même à l'époque de la splendeur de l'empire, les cadhis n'ont pas été ménagés par le peuple ottoman, peuple qui n'est guère porté à se faire beaucoup d'illusion sur la nature humaine, et qui sait par une triste expérience jusqu'où elle peut porter la rapacité.

« Ne vous étonnez pas, dit un de ces poëtes, si l'on compte souvent plus sur un chien que sur un homme, qui est ordinairement beaucoup plus avide.

« Le chien, de tous les biens de ce monde, ne prétend qu'à un os.

« Et tout ce qui est dans ce monde n'est pas capable de remplir les yeux d'un seul homme, c'est-à-dire, de le contenter.

« Donnez des coups à un chien, il ne vous quittera pas pour cela ; essayez de faire du bien à un homme, il vous abandonnera aussitôt. »

Si l'espèce humaine est naturellement rapace, les cadhis devaient avec le temps céder à la contagion de l'exemple : « Autrefois les juges, dit un poëte, étaient des épées nues qui se faisaient craindre des méchants, mais ils sont devenus des fourreaux vides ; car ils ne cherchent qu'à se remplir de l'argent des parties. »

Comme les gouvernements despotiques tiennent surtout compte de la docilité, les juges qui n'étaient pas corrompus devenaient dangereux par leur ignorance. Lamii exprime cette idée dans ses vers sur le *cadhislesker*[1] Moviad Ogli :

« C'est un ignorant qui avec une belle barbe, une riche veste et un gros turban, étale aux yeux des hommes l'empreinte d'une très-belle figure sur une monnaie de fort bas aloi.

« Il tient ordinairement la portière de sa chambre fermée, et garde soigneusement le silence ; car s'il en usait autrement, il n'y trouverait pas son compte. »

De tels abus feraient naître chez d'autres que chez des Asiatiques la pensée de les réformer. Un Ottoman pieux n'y verra qu'un nouveau motif de chercher à se réconcilier avec la Providence, à laquelle il est toujours plus simple de renvoyer l'arrangement des affaires de ce bas monde. Telle est la conviction de Lamii :

« Pauvres peuples, dit-il, qui êtes sous la main de ceux qui vous gouvernent, ne vous plaignez

---

1. Grand juge des armées.

jamais d'Allah, quand il vous donne des magis-
trats fâcheux : Si vous voulez détourner ces fléaux
de vos têtes, changez d'abord vos mœurs, et de-
mandez incessamment dans vos prières que la
volonté d'Allah s'accomplise. Il ne faut pas croire
qu'en vivant comme vous faites, vous puis-
siez jamais obtenir d'Allah ce que vous lui de-
mandez : soyez gens de bien et il exaucera vos
prières ; car il est indiscutable que si vous agissez
bien, on vous traitera bien, Allah pour l'ordinaire
n'envoyant point d'afflictions aux hommes qu'ils
ne les méritent et qu'ils ne se les attirent eux-
mêmes par leurs déréglements. »

Il paraît que les cadhis sont assez disposés à
se considérer eux-mêmes comme des instruments
divins destinés à châtier les peuples et à réveiller
dans leur âme des sentiments orthodoxes. En
effet, on raconte qu'un cadhi qui allait prendre
possession de sa charge logea chez l'habitant
de la ville qui devait être son lieutenant.
Celui-ci, après l'avoir accueilli avec tous les
égards dus à un supérieur, crut pouvoir lui demander son nom : « Dans tous les lieux où j'ai
exercé mes fonctions, répondit le juge, j'ai passé
pour un homme si redoutable qu'on me connaît
sous le nom d'Azraël Cadhi. » L'association du

nom de l'ange funèbre qui sépare l'âme du corps
avec celui d'un cadhi ne semble nullement surprendre le questionneur. — « Moi, dit-il, on
me nomme ici Schéitan (Satan) et nos noms
s'accordent admirablement. Le peuple de cette
ville est fort méchant et n'a aucune crainte d'Allah. Nous travaillerons d'accord, vous à leur
arracher l'âme du corps et moi à les déses-
pérer. Autrement nous n'en viendrions jamais à
bout ! »

Sous Louis XIV les gens de lettres, encoura-
gés par leur succès, commencent à devenir moins
maniables. De même sous le règne de Souleïman Ier
les poëtes sont assez disposés à diriger quelque
épigramme contre les grands personnages dont ils
n'ont pas lieu d'être satisfaits. Roustem-pacha,
grand vizir de Souleïman, était fort hostile aux
poëtes, qui se vengèrent de son dédain par mille
traits épigrammatiques. Loufti-pacha, qui fut
aussi grand vizir, quoique jurisconsulte et historien distingué, n'avait pas plus de goût pour la
poésie. Lorsque le traducteur d'un livre célèbre,
venu de l'Inde, lui fit hommage du travail [1] qui
lui avait coûté vingt ans de travaux, il manifesta

---

1. *Houmayoum-namch,* livre impérial ou royal.

à Ali Vazi son étonnement de ce qu'il n'eût
pas employé ces longues années à approfondir
quelque point de droit. Ramazanzadé, inspecteur
de la chancellerie (*defter émini*), qui acheta le
livre et le présenta à Souleïman, répéta ces vers
qu'il avait composés contre Roustem, dont l'esprit
prosaïque l'indignait : « L'orfévre seul sait ce
que valent les pierres précieuses, tandis que d'autres les prennent pour du verre; il ne faut pas
parler aux sots de vertu, car ils ne peuvent l'apprécier. »

Cette épigramme est assez inoffensive si on la
compare à celles que Délibourader lançait contre
ses ennemis. Un jour l'infortuné Korkoud, frère
et victime de Sélim Ier, blessé de ses sarcasmes,
voulut lui faire trancher la tête. Il ne fut sauvé
que par sa présence d'esprit en affirmant au
capidji-baschi que le prince, à la mort duquel il
devait consacrer plus tard un chant aussi pathé-
tique que courageux, ne lui pardonnerait pas
d'avoir exécuté une sentence rendue dans un
état d'ivresse. Sous le règne de Souleïman, il
finit par se retirer en Arabie, où il mourut, car
malgré l'indulgence des Turcs pour des vices
qui font peu honneur à la morale musulmane,
il s'était fait presque autant d'ennemis par

son zèle à propager ces vices que par ses épigrammes. C'est donc en vain qu'on en voudrait
faire un Juvénal ottoman. Le temps n'était pas
venu où la décadence de l'empire ferait naître
un genre de satire plus élevé et moins per-
sonnel.

Si les poètes étaient déjà si hardis à une époque
glorieuse pour les sultans, nous trouvons sous
Mohammed III un épisode attestant le développement de l'esprit satirique, qui avec le temps
se manifeste dans la poésie d'art autant que dans
les œuvres populaires. Au moment où le grand-
vizir, Sinan-pacha, un de ces vaillants Albanais
qui ont tant contribué à la puissance de l'empire,
se proposait de couronner par la prise d'Erlau
la gloire qu'il avait acquise par la conquête de
la Goletta (la Goulette), de l'Arabie et de la
Géorgie, il mourut le mercredi de la nouvelle
lune (4 schâban 1004, 3 avril 1596), que les
Turcs considèrent comme le jour le plus malheureux de l'année. Ce rude soldat, qui avait été
cinq fois grand vizir, détestait autant la poésie
que le christianisme. L'historien Ali, qui avait
contre lui plus d'un grief, nous a conservé les
épigrammes de quelques poètes contre leur implacable adversaire. Ils se moquent de Sinan

parce qu'il a eu l'idée de se faire construire un sépulcre magnifique, près de la porte Parmakka-pou, dans le voisinage des tombeaux de plusieurs poëtes, voisinage qui ne convenait nullement à un homme de son caractère. Le feu qui le jour de sa mort éclata dans le quartier de Parmakka-pou sortit, selon eux, de sa tombe comme d'un gouffre infernal, tandis que son âme s'envolait dans un sombre nuage, pareille à un corbeau qui s'enfuit en poussant de lugubres croas-sements.

La mort tragique de Dervisch-pacha (10 schâ-ban 1015, 11 décembre 1605), grand vizir d'Ah-med Ier, excita également la verve satirique de la poésie populaire. Dervisch s'était attiré la haine de Constantinople en mettant un impôt de mille ducats sur chaque balcon. Or les femmes cloî-trées, — musulmanes ou chrétiennes, — renon-cent très-difficilement aux moyens qui leur res-tent de satisfaire la curiosité qu'une existence oisive rend si impérieuse. Comme Dervisch remuait encore après avoir été étranglé, on dit que le *padischah* lui coupa lui-même la tête, opé-ration qui ravit l'historiographe de l'empire (ces gens-là se ressemblent partout) : « Sa tête roula, horrible comme la tête de Méduse, aux pieds du ciel étoilé de la majesté. » La satire ne se contenta pas d'une simple métaphore; car un des poëtes les plus distingués de la Turquie, Azmizadé Haleti, composa seul quatre-vingts distiques sur ce sujet.

La décadence est déjà sensible sous Ahmed Ier, temps de la mort du satirique Nigisari (1614). De l'avénement de Mourad III à l'époque où Mourad IV atteint l'âge d'homme, quelques poëtes seuls méritent la renommée sur 300 dont parlent les écrivains ottomans. Mourad, comme plus tard les Jacobins français de 1793, veut régénérer son pays par la terreur. Le « Néron chauve » de Juvénal semble un agneau comparé au poëte couronné, qui fit mourir presque tous ses vizirs et sous le règne duquel l'esprit satirique prit un si remarquable développement. D'une force et d'une agilité qui faisait penser à ses sauvages ancêtres, il avait la chevelure sombre et touffue, son œil noir flamboyait sous ses sourcils, partagés par des rides profondément creusées, sa barbe touffue et d'une couleur foncée ajoutait à la sinistre expression de sa physionomie.

Le café et le tabac[1] n'eurent pas d'ennemi

---

1. Michelet, *Jusqu'à Waterloo*, compte le tabac avec

plus acharné que Mourad IV. Non pas qu'il eût
quelque prévention contre l'excitant et le narco-
tique que plus d'un Musulman met avec le vin et
l'opium parmi les « ministres du Diable », ou
les « quatre colonnes de la tente de lubricité ».
Mais il savait que toute réunion entretient l'esprit d'opposition, lequel dans les États despotiques fait toujours naître l'envie de se défaire du
despote. La poésie populaire poursuivait le *padischah*, qui faisait la nuit la ronde en personne, afin
de faire couper la tête à tout individu qu'on sai-
sissait fumant du tabac ou buvant une tasse de
ce café considéré par Bélighi comme un hôte
aimable venu de l'Yémen : « Chassez les eunuques noirs qui nous font des nuits sans sommeil,
disait la satire, avant de proscrire le nègre (le
café), et avant de condamner l'innocente fumée
du tabac, dissipez la vapeur sanglante qui s'élève
des cœurs opprimés. » En général, les poëtes ne
partagent pas l'opinion que les légistes ont des
excitants et des narcotiques ; car ils les nomment
« les quatre éléments du monde de la jouissance »
et « les quatre coussins du sopha du plaisir ».

l'alcool et le roman, parmi les causes qui ont le plus affai-
bli la vie intellectuelle dans son pays.

Un moment le goût pour la poésie, si vif chez plusieurs de ses aïeux, parut l'emporter sur l'humeur atrabilaire de Mourad. Le plus grand poëte ottoman de l'époque, Néfii, avait trouvé grâce devant lui, et les satires contre les *oulémas* que contenaient les *Traits du destin*, n'avaient pas paru faire une impression défavorable sur cette intelligence sombre et défiante. Néfii, qui ne respectait personne, qui criblait d'épigrammes, assaisonnées d'injures, les vizirs et les écrivains les plus renommés, qui ne reculait pas devant l'emploi des épithètes d'éléphant, de fou, de traître, d'âne, de chien, de pourceau de Géorgie, — toutes ces épithètes se trouvent accumulées dans l'invective assez courte dirigée contre le grand vizir Gourdchi-Mohammed — Néfii flattait sans doute le penchant qu'ont les tyrans à tout abaisser autour d'eux. Mais le 14 silkidé 1039 de l'hégire (25 juin 1630) un épouvantable orage éclata sur Constantinople. Le sultan, qui était au palais d'été de Beschiktasch, sous le kœschk (kiosque) du sultan Ahmed, lisait les satires de Néfii, les *Traits du destin (Sehami Kasai Nefii)*. La foudre tomba à ses pieds. Mourad effrayé mit le livre en morceaux, éloigna le poëte de sa personne, et s'efforça d'apaiser la colère

d'Allah. Cependant la peur passée, le poëte ren-
tra en grâce. Mais une violente satire contre le
grand vizir Béiram-pacha coûta la vie à Néfii.
Le sultan ne crut pas pouvoir repousser les récla-
mations du vizir, et les oulémas furent trop heureux de délivrer le *fetva* qui le livrait au bourreau. Ces légistes, se servant de l'ironie contre
un homme qui en avait tant abusé, motivèrent
leur sentence par ces vers persans : [1]

« Le poëte qui écrit des satires et s'appelle
Néfii, — peut être mis à mort comme un esprit de
l'enfer. »

Ouveïs ou Veïsi, satirique des commencements
du XVIIᵉ siècle, au lieu d'obéir comme Néfii, aux
inspirations d'une humeur hargneuse, semble
avoir été inspiré plutôt par un patriotisme que le
spectacle des maux de son pays frappait très-
vivement. Cet écrivain qui se rendit célèbre par
ses lettres, ses légendes du Prophète et une sanglante satire politique, le *Conseil pour Constantinople (Naʒsihati Isʒambol)*, tableau fidèle de la
corruption et des désordres du temps, raconte
que préoccupé du désir d'exposer au sultan

1. Au schaïr hedjagir ki nami ost Nefil — Katlesch
betschar mezheb wadjib tschou katli cfii.

Admed Ier, un des prédécesseurs de Mourad IV,
ses vues sur les réformes nécessaires, il se trouva
transporté une nuit au milieu des personnages et
des souverains les plus fameux, Adam, Abel,
Seth, Moïse, Omar, Osman, Djenghis, etc. Ce
livre des songes *(Vakaanameï Veïsi)*, sous la
forme d'un dialogue des morts, contient de graves leçons de politique et des considérations
approfondies sur les causes de la décadence des
empires. Il y avait chez Veïsi[1] un mélange de
l'esprit de Juvénal et de Montesquieu. Mais les
nations n'écoutent guère ces austères conseillers;
elles aiment mieux prêter l'oreille à ceux qui partagent leurs illusions et qui sont indulgents pour
leurs travers, quitte à expier par de cruelles
épreuves ces imprudentes préférences. Le sommeil intellectuel du xviiie siècle, succédant à
l'époque qui produisit les Veïsi et les Néfii,
annonçait la décadence[2] que rien n'a pu encore

---

1. La satire de Veïsi a été traduite par Diez dans les
Fundgruben des Orients, t. I, 249-74.

2. Sous Mahmoud II, témoin irrité de cette décadence,
nous trouvons encore un satirique Izzet, qui écrivit contre
le sultan. Cet émule des Nighisari et des Kéféni fut un
moment éloigné de la cour, mais le *padischah* finit par lui
pardonner.

arrêter, et dont les sagaces diplomates anglais
faisaient, il y a quelques années un tableau si
saisissant [1].

1. *Farther Reports from Her Majesty's diplomatic and
consular agents respecting the conditions of the industrial
classes and the purchase power of money in foreign coun-
tries.* — Londres 1871.

TABLE

OUVRAGES DE L'AUTEUR

www.ingramcontent.com/pod-product-compliance
Lightning Source LLC
Chambersburg PA
CBHW061455030726
47503CB00005B/1712